秘本　緋の章

草凪　優　藍川　京
安達　瑶　橘　真児
八神淳一　館　淳一
霧原一輝　睦月影郎

祥伝社文庫

目次

ＣＬＳにうってつけの日

草凪　優

著者・草凪《くさなぎ》　優《ゆう》

一九六七年東京生まれ。シナリオライターを経て、二〇〇四年『ふしだら天使』で官能小説家デビュー。その圧倒的筆力と流麗な官能描写でたちまち人気作家に。主な著書に『ルームシェアの夜』『どうしようもない恋の唄』（ともに祥伝社文庫）、『色だくみ』『視線を燃やして』などがある。

1

とにかく理想の男なの、と朋美《ともみ》は話を切りだした。テーブルに身を乗りだし、猫のように大きな眼をキラキラと輝かせている。

「テレビ局のディレクターで、六つ年上の三十歳で、見た目はシュッとしてるし、なにをするにもスマートなのよ。一緒にいる女を心地よくする術《すべ》をよく知ってるのよね。わたし、誰かと結婚したいと思ったの、彼が初めて」

「そりゃあよかったじゃないか」

僕は鼻白《はなじろ》んでしまいそうになるのを必死にこらえていた。

「それでいったいなんの用なんだい？　結婚式の準備にはまだ早いだろう？」

ここは朋美の自宅マンションだった。外観はオシャレだが、六畳ほどのワンルームにベッドや冷蔵庫やソファやテーブルがつめこまれているから、異様に狭《せま》く感じる。それでも、学生時代にはよく、この部屋で四、五人が雑魚寝《ざこね》していた。

「ビールでも飲む？」

「えっ……」

驚く僕をよそに、朋美はいそいそと冷蔵庫に向かい、缶ビールをわざわざグラスに注《そそ》いでくれた。心の底からびっくりした。朋美が僕に対して、いや、誰に対してでも、そんなやさしい気遣《きづか》いを見せることは珍しい。

僕たちは二年前まで、毎日のように顔を合わせていた。大学の軽音楽サークルで一緒だった。といっても、僕のバンドも朋美のバンドもとっくに解散してしまっていたので、似たような境遇の仲間たちと、人のライブを冷やかしにいったり、ダラダラと酒を飲んでいただけなのだが。

大学を卒業すると、僕は小さなデザイン会社にアルバイト待遇でもぐりこみ、最近ようやく正社員に登用してもらうことができた。朋美は銀座《ぎんざ》の一流企業で受付嬢をしている。ろくに就職活動もしていなかったくせに、生来の美貌を武器に、仲間内でいちばん待遇のいい仕事に就くことに成功した。

そう、朋美は美人だった。一流企業の受付嬢どころか、女子アナになってもおかしくないほど整った顔立ちと均整のとれたプロポーションをもち、表情や所作にいかにも育ちがよさそうな凜《りん》とした輝きがある。とはいえ、その本性は、いっそエキセントリックと言いたくなるほど、わがままだった。絶対に自分を曲げない。他人の意見に耳を貸さない。そのくせ自分が美人であることをよく知っているから、まわりにお姫様扱いを求める。

典型的な嫌《いや》な女と言っていいだろう。

　こうして冷静に特徴を並べていけば、僕にだってその程度のことはわかる。しかし、僕は朋美に弱いのだ。学生時代からパシリのようなものだったし、卒業して二年がすぎたいまでも、「ちょっとうちまで来てよ」と電話で呼びだされれば、上司に嘘《うそ》八百を並べて残業をキャンセルし、のこのこと駆《か》けつけてきてしまう。

「わたし、どうしても彼に嫌われたくないの」

　朋美は缶に残ったビールを立ったまま飲み干した。美人というのは恐ろしいもので、行儀の悪いことをすればするほど美しさが際立《きわだ》つ。

「勝負は最初のベッドインなのよ。そこまではわたし、自信があるから。でも、セックスは……」

　僕は息を呑《の》んで朋美から眼をそむけた。言わんとすることはよくわかった。彼女はセックスが苦手なのだ。異常な恥ずかしがり屋で、部屋を真っ暗にしないと裸になれない。オーラルセックスはNG。その他にも、あれはダメこれはダメと、ベッドでの所作に関して異常に規制の多い女だった。

　なぜそんなことを知っているかというと、僕は一度だけ朋美と体を重ねたことがあるからである。

大学を卒業する間際、追い出しコンパでしたたかに酔った僕たちは、いつものように朋美の部屋に向かった。いつものメンバーが一緒だった、と思った。しかし、途中ではぐれてしまったらしく、気がつけばどういうわけかふたりきりで、部屋で待っていても誰ひとりやってこなかった。

朝まで朋美の部屋ですごしたことは何度もあったが、ふたりきりというのは初めてだった。ひどく緊張してしまった。もう終電の時間もすぎていたので帰るわけにもいかず、僕は床《ゆか》に寝転んで寝たふりをした。悶々《もんもん》として眠れるわけがなかった。それでも、それ以外に時間をやりすごす方法を思いつかなかった。

「ねえ、どうせ寝るならベッドで寝なよ」

朋美は僕を起こしてベッドにうながした。それが最初の異変だった。彼女は床で仲間が何人雑魚寝していようとも、ひとりでベッドを占領し、悠然《ゆうぜん》と寝ている女だったからだ。シングルベッドで横になると、お互いの体が密着した。僕の心臓は怖いくらいに早鐘を打っていた。

「ねえ……ねえってば……」

朋美が体を揺すってきた。

「あっ、ごめん。やっぱ狭《せま》いよな」

僕がベッドを降りようとすると、

「そうじゃなくて……」

朋美は僕の腕をつかんだ。

「ちょっと、こういう状況でよく寝てられるね？　部屋にはふたりっきりで、隣に女が寝てるんだよ。それもけっこういい女が」

「えっ……」

僕は返す言葉を失った。朋美は誰に口説《くど》かれても決して落ちない身持ちの堅《かた》い女として大学内で知られ、異常にモテるにもかかわらず、恋人ができたという話を聞いたことがなかった。見た目と違い、恋愛には慎重なのか、それともよっぽど理想が高いのか、というのがまわりの一致した意見だった。だから僕を含めた男友達は、部屋に雑魚寝させてもらってもそれほど気を遣わずにすんだのだ。

その彼女が、まさか自分から誘ってくるなんて夢にも思わなかった。

しかも、相手は僕である。謙遜《けんそん》でもなんでもなく、僕はモテない。みんなの憧れであるお姫様に、向こうから誘われるタイプでは断じてない。

「酔ってるんでしょ？」

僕が上目遣いで恐るおそる訊《たず》ねると、

「だったらなんだっていうのよ」

朋美は僕の首に両手をまわし、唇《くちびる》を重ねてきた。アルコールの香りのするキスだったが、僕にとっては生涯忘れられない、衝撃的な経験になった。ジーパンの下の分身が痛いくらいに勃起した。

「わたしとしたい？」

朋美はねっとりと潤《うる》んだ瞳で見つめてくると、恥ずかしいほどふくらんだ僕の股間を太腿《ふともも》でぐいぐいと押してきた。

「ねえ、どうなの？」

僕はうなずいた。おあずけを食らった犬のようなみじめな顔で、何度も何度もうなずいた。

「じゃあ、部屋を暗くして」

僕は立ちあがって蛍光灯を常夜灯に変えた。

「それも消して、カーテンを引いて。あっ、隙間から光が入らないように、タンスをちょっと動かしてくれるかな」

ほとんど視界が利《き》かなくなった真っ暗闇の中で、僕は朋美を抱いた。驚くほど現実感の伴わないセックスだった。

翌朝、眼を覚ますと朋美はひどく怒っていて、吐き捨てるようにこう言った。

「あのね、昨夜はわたし、ちょっと酔いすぎちゃったみたい。自分の行動に責任がもてないくらいにね。だから全部忘れて。わたしとしたこと誰かに言ったりしたら、大変だからね。本気の殺意とか抱いちゃうかもしれないよ」

僕は命じられた通りにした。体に残った朋美の体の感触だけはしっかりと記憶し、自慰《じい》のときだけ思いだした。

「わたしの言いたいこと、わかるわよね？」

朋美は立ったまま二本目のビールを開け、喉《のど》に流しこんだ。

「さあ……」

僕が首をかしげると、

「つまり……」

朋美は顔を赤くして眼をそらした。

「予行練習の相手をしてほしいの！」

「まさかセックスの？」

「正確には、その手前まで。明るい中で裸になって、愛撫《あいぶ》されることに慣れたいの」

「い、いやあ……」

僕は唖然《あぜん》とするしかなかった。現在、僕には恋人はいない。実は年上の彼女がいたのだが、一週間前にふられてしまったので、障害はゼロだ。そして朋美は、いまも昔も憧《あこが》れの存在だった。Tシャツにデニムというラフな格好で立ったままビールを飲んでいても、輝くばかりの美人である。こんな女と裸で戯《たわむ》れることができるなら、断る男など皆無かもしれない。

だが、そんなことでいいのだろうか、とも思う。

なにかがおかしかった。朋美は間違っている。セックスが苦手なら苦手で、結婚してもいいと思える男と、手に手を取りあって克服すればいいではないか。

「悪いけど……断るよ……」

僕は長い溜息《ためいき》をつくように言った。

「そういうの……好きじゃないから……」

「意外とプライドが高いのね？」

朋美は鼻で笑いながら言った。

「プライドの問題じゃないと思う」

僕は力なく首を振った。実のところ図星を指されていたのだが、それを認めるのは癪《しやく》だった。

「嘘つき。わたしが正直に状況を説明したから、プライドが傷ついたんでしょ？」

朋美は怒りでうーうーと唸《うな》りだした。

「わたしはキミのこと友達だと思ってるから、正直に話したんじゃないの。じゃあ、なに？　わたしが片思い中の彼のことを隠して、キミを誘惑すればよかったの？　そうしたら、キミは喜んでわたしを抱いて、わたしはセックスの予行練習ができて、万事ＯＫだったでしょうね。でも、そういうのは嫌だったの。友達に嘘をつくのは、どうしても嫌だったの！」

言っていることはめちゃくちゃだったが、僕のことを友達として信用しているからこそ、そんな無茶な頼みをしてきたらしいことは伝わってきた。いままでになく必死な様子が、可愛らしくもあった。

しかし、だからといって、すべてが彼女の思い通りになるわけではない。

「見解の相違だな」

僕が立ちあがって背中を向けると、

「ＣＬＳしてもいいのよ」

朋美が背中に向かって言い、

「なんだそりゃ?」

僕は背中を向けたまま首をかしげた。

「クンニリングスよ。クンニって略し方、エッチくさくて大嫌い」

僕は金縛りに遭ったように動けなくなった。

「それは……なんていうか……明るい中でしてもいいのか?」

「もちろん」

僕は振り返った。彼女のヌードをしっかりと拝め、もっとも恥ずかしい部分を舐《な》めまわしてもいいというなら、ちゃちなプライドなど発揮している場合ではなかった。

「練習相手になってくれる?」

「ああ」

僕がうなずくと、

「じゃあ、これして」

朋美は勝ち誇った顔でなにかを渡してきた。

アイマスクだった。

「部屋は明るくするけど、恋人でもないキミに裸を見られるのは嫌だから、目隠ししてちょうだいね」

僕は息を呑み、天を仰《あお》いだ。

2

朋美にとって自分という存在はいったいなんなのだろう、と僕はアイマスクをしながら考えた。先ほど彼女は「友達」を連呼していたが、狙《ねら》いをつけた男を落とすためにセックスの予行練習に付き合うのが、果たして本当に友達なのか、どうか。

「見えないよね？」

朋美が言い、

「当たり前だろ」

僕は暗闇に向かって答えた。声が自然と尖《とが》ってしまう。

「裸になろうが両脚をひろげようが、これならなんにも見えないよ」

「よかった」

朋美は砂糖をまぶしたように甘い声で笑った。

「じゃあ、服を脱ぐからちょっと待ってて」

「ああ」

僕は耳をすました。暗闇の向こうから、かすかな衣擦《きぬず》れ音が聞こえてきた。朋美は美人なだけではなく、スタイルがすこぶるいい。服の上からでも乳房が大きいことはわかるし、かつて暗闇の中で揉《も》みしだいたときのむちむちした弾力がいまでも手のひらに残っている。

興奮がこみあげてきた。ジーパンの中で分身がむずむずと疼《うず》きだしてしまったが、僕は唇を噛《か》みしめて勃起をこらえた。

興奮すればするほど、自分がみじめな存在になると思ったからだ。朋美は言った。予行練習に付き合ってほしいのは「セックスの一歩手前まで」だと。つまり、どれほど興奮し、彼女が欲しくなったとしても、抱くことはできないのだ。

ならば、と僕は思った。ここはひとつ、仕事に徹するマシーンになったつもりでベッドにあがったほうがいい、と。

幸いなことに、アクシデントのように体を重ねた二年前より、僕の性技はあがっているはずだった。一週間前にふられた恋人は十歳年上で、ベッドテクについて事細かに教えこまれたのだ。朋美の友達として、冷静に仕事に打ちこむことができる自信があった。

「なあ」

僕は暗闇に向かって言った。

「いきなり全部脱がないでいいよ。パンツは穿《は》いたままで」

「どうして？」

訝《いぶか》しげな声が返ってくる。

「最初は穿いたまま愛撫したほうが気持ちよくなれるみたいだからさ。クンニ……いや、ＣＬＳされるの初めてなんだろう？」

「へええ、意外」

朋美は笑った。

「じゃあ、そうしてみるけど、まさかキミにそんなこと言われるとは思ってなかったな」

そうだろう、そうだろう、と僕は胸底でうなずいた。十歳年上の恋人のことは、誰にも話していない。上司の妻と不倫していると、誰が言えるものか。欲求不満の人妻にバター犬扱いされていたなどと、口が裂《さ》けても白状できるか。

「こっちに来て」

朋美に腕を取られ、ベッドにうながされた。僕はＴシャツとジーパンを着けたままだった。どうせならこちらもブリーフ一枚になりたかったが、興奮を抑えるためには着衣のほうが好都合だろう。

「二年前のこと、思いだす？」

朋美が甘い吐息を振りまきながら身を寄せてくる。

僕がうなずくと、

「じゃあ、あのときみたいに……して」

唇を重ねてきた。眼が見えないから、ふっくらした感触がやけに生々しい。ヌルリと舌が差しだされてきて、僕は口を開いた。ねっとりと舌をからめあった。眼が見えなくても、それはたしかに朋美の舌だった。二年経っても覚えていた。朋美の舌は小さくて、つるつるして、唾液が少し甘酸っぱい。

だが、二年前のように彼女の体にむしゃぶりつき、欲望のままに射精まで突っ走ろうとはしなかった。僕には余裕があった。余裕がないのは、むしろ朋美のほうだった。からめた舌から、緊張が伝わってきた。

「うんんっ……」

右手を伸ばし、乳房を揉むと、鼻奥で悶《もだ》えた。僕は弾力に富んだふくらみをやわやわと揉みしだきながら、その悩ましい形を頭の中で再現した。乳首が尖ってきた。指でつまんだり、転がしたりしてやると、朋美はキスを続けていられなくなり、

「ああんっ……」

と声をあげて身をよじった。

「なんかキミ、二年前よりうまくなってるんじゃない？」

ハアハアと息をはずませながら言う。

「さては内緒で彼女がいたな？　ねえ、そうでしょ？　そうなんでしょ？」

僕は答えずに右手を下肢に這《は》わせていった。朋美の素肌は清潔だった。お腹のあたりはとくにすべすべだ。ウエストはくびれている。三十五歳の熟女に比べればまだまだ成熟度が足りないが、それでも充分に艶《なま》めかしい。

その腰に、紐《ひも》がかかっていた。頼んだ通り、ショーツだけは着けたままでいてくれている。お尻は丸かった。量感があって形もよく、素肌が剝《む》き卵のようにつるつるしている。つまり、ショーツはＴバックだ。お尻を剝きだしにしたセクシーなランジェリーでグラマーな体を飾っているのだ。狙った男を落とすための予行練習だから、勝負下着を着けているというわけか。

「んんんっ！」

右手を前に移動させると、朋美は身を固くした。僕は左手で彼女が逃げられないように抱きしめながら、右手を股間に近づけていった。シルクのようになめらかで極薄の生地が、こんもりと盛りあがったヴィーナスの丘に張りついていた。僕は中指を尺取り虫のように動かして、その丘を撫でた。ねちり、ねちり、と撫でさすりながら、次第に下を目指していく。極薄のシルクに包まれた女の割れ目を、粘りつくような指使いで刺激していく。

「くっ……くくっ……」

朋美の声音が変わった。あきらかに喜悦の悲鳴をこらえていた。左手で抱いている体も、火照《ほて》ってきている。右手の中指に、じっとりと湿った淫《みだ》らな熱気がからみついてきた。

感じているようだった。

僕はギアをひとつあげた。右手でショーツ越しの陰部をいじりまわしながら、深いキスを与えた。声を出さずにあえいでいる朋美と舌をからめあわせ、熱い吐息をぶつけあった。そうしつつ、左手で乳房を揉んだ。やわやわとふくらみに指を沈みこませては、乳首をつまみ、転がした。時折先端に軽く爪を立ててやると、朋美の腰がビクンッと跳ねた。それが呼び水になったように、腰がくねりはじめた。もちろん、右手は右手で仕事をしている。中指の動きに熱をこめてやると、両脚がじわじわと開いていった。

「んんっ……くぅううっ……」

朋美がいよいよ本格的に悶えはじめ、

「あのさ……」

僕は彼女のくぐもった声に言葉を被《かぶ》せた。

「そろそろＣＬＳをしようか？」

「え、ええ……」

戻ってきたのは、虚《きょ》を衝《つ》かれたような生返事だった。きっと眼の下を赤く染めたいやらしい顔をしているに違いない。見てみたかったが、それを求めてはいけない。粛々《しゅくしゅく》と仕事をするのだ。マシーンになるのだ。体を起こして手探りで位置を確認しながら、クンニリングスの体勢をとった。

僕は両手で、朋美の両腿をつかんでいた。むちむちと肉づきのいい太腿を揉みしだきながら、その付け根にゆっくりと顔を近づけていく。獣じみた匂いが鼻についた。続いて、湿った熱気が迫ってくる。目標は近そうだった。さらに顔を近づけていくと、鼻の頭がショーツに包まれた陰部にあたり、

「あんっ！」

朋美が声をはねあげた。クリトリスにあたったようだった。

「むうぅっ……」

僕は鼻息を荒らげて顔をこすりつけた。二年前は、こんなことはさせてもらえなかった。クンニの体勢をとろうとすると、「やめて」と低い声で怒られた。指ですら、あまり

いじらせてもらえなかった気がする。

「んんんっ……んんんんっ……」

僕の鼻や唇が敏感な部分にあたると、朋美はくぐもった声をもらして身をよじった。恥ずかしさをこらえているのが手に取るようにわかった。頑張っているのだ。理想の男と結婚するために、羞《は》じらい深すぎる性格を克服しようとしているのだ。

他の男を落とすためにセックスの予行練習に付き合うなんて、よくよく考えてみれば馬鹿馬鹿しい話だったけれど、僕はせつない気持ちになってしまった。頑張れ朋美、と心の中でエールを送った。

年を重ねれば、恥も外聞も投げ捨てて快楽を求めるようになるのが女という生き物らしいが、羞じらっている女はやはり可愛い。羞じらいを克服しようとするのなら、力を貸さずにはいられない。

手探りでショーツを片側に寄せた。

剝きだしになっている女の部分から、じっとりと湿った熱気が漂ってきて、

「ああっ、いやあっ……」

と朋美があえぐ。

「見えてないよね……目隠し取れたりしてないよね……」

「心配するなよ」

僕は舌を差しだし、ショーツに隠れていた部分をねっとりと舐めあげた。くにゃくにゃした花びらの合わせ目を、下から上に舌を這わせた。

「あああっ！」

朋美の体がビクンッと跳ねる。

僕は、ねろり、ねろり、と舌を動かし、彼女のもっとも恥ずかしい部分を味わった。最初は舌先だけで軽く、次第にざらついた舌腹まで使って大胆に舐めまわしていくと、合わせ目がじわじわとほつれて、奥から熱い発情のエキスがあふれてきた。

「どうだい？　初めて舐められた気分は」

「き、気持ちいい……」

朋美は声を上ずらせ、太腿をぶるぶると震《ふる》わせながら答えた。

「びっくりするくらい……いいっ……」

「なら、目隠し取っていいかい？　もう気にならないだろ？」

誓って言うが、僕がそう申しでたのは、あくまで彼女の羞恥心克服の助力になるためだった。

「それはダメ」

朋美は即答した。

「気持ちいいけど……やっぱり恥ずかしいもん」

「でも、その理想の男とやらにアイマスクをしてもらうわけにはいかないんだろ？」

「それは……そうだけど……」

「まあ、その気になったらいつでも声をかけてくれよ。協力は惜しまない」

僕は言い、本格的に舌を使い始めた。

3

もうどれくらい続けているだろうか？

舌の根と顎《あご》の付け根が痺《しび》れてきても、僕はクンニリングスをやめなかった。ふやけるほどに花びらをしゃぶりあげ、浅瀬にヌプヌプと舌を入れ、あとからあとからこんこんとあふれてくる蜜《みつ》を啜《すす》っては、舌先で肉の合わせ目をまさぐった。女の官能を司《つかさど》るクリトリスをねちっこく舐め転がした。

「くぅうっ……くぅうううーっ！」

朋美は絶え間なく悶え声をもらし、時にひいひいと喉を絞ってよがり泣いた。激しく身をよじりながら、ガクガク、ぶるぶる、と体中を震わせていた。

おそらく、何度となくイキそうになったはずだ。五体をぎゅうっと硬直させ、後もう少しで恍惚《こうこつ》を嚙みしめられると思ったのは、一度や二度ではなかっただろう。

絶頂を逃したもどかしさに、綺麗な顔をくしゃくしゃに歪《ゆが》めているところが眼に浮かんだが、僕は彼女をイカせてやらなかった。

僕にだって少しは意地があった。仕事に徹することを胸に誓ったとはいえ、ただ命じられるままにバター犬を務めるわけにはいかない。十歳年上の恋人——欲求不満の人妻にそうしてきたように、泣いてイカせてほしいとねだられるまで、舌がちぎれても焦《じ》らしつづけてやるつもりだった。

「ねえ……ちょ、ちょっと……」

朋美が切羽《せっぱ》つまった声をあげた。しかし、続いて彼女の口をついたのは、おねだりの言葉ではなかった。

「わたしばっかりされてズルい……今度はわたしにさせて……」

不意に体を起こすと、僕のことをあお向けに倒した。想定外の出来事に、僕はリアクションがとれなかった。ベルトをはずされ、ジーパンを脱がされた。あっという間に、ブリーフまで奪われてしまった。

「うわあ、すごい……」

唸りをあげて反《そ》り返ったペニスに、熱い視線がからみついてくるのを感じた。僕は焦《あせ》り、余裕を失った。部屋には蛍光灯がついているはずだった。亀頭の色艶までまじまじと観察されていると思うと、あまりの恥ずかしさに眩暈《めまい》が襲いかかってくる。

「むむっ……」

根元を握りしめられ、僕は息を呑んだ。朋美も息を呑んでいるようだった。彼女はいままでフェラチオをしたことがないらしい。いきり勃《た》つ男性器官を睨《にら》みつけながら、いったいなにを考えているのか。クンニだけではなく、フェラの予行練習もするつもりなのか。いくらなんでも、それは希望的観測すぎるだろうか。

だが、ぺろり、と亀頭に生温かい舌が這ってきて、

「むむうっ！」

僕はしたたかにのけぞった。想定外にも程がある、仰天の展開だった。あの朋美におのが男根を舐められていると思うと、あお向けになった五体がピーンと突っ張り、小刻みに震えだした。

口づけのときは小さくてつるつるに思えた朋美の舌は、亀頭で味わうと別の感触がした。吸いつき、まとわりついてくるようだった。いかにもぎこちなく、ぺろり、ぺろり、

と動いているのに、舌の感触がペニスの芯《しん》まで染みこんでくるほど気持ちいい。

あるいは目隠しのせいだろうか。フェラ顔をむさぼり眺めるという、男にとっての至福を奪われている代わりに、ペニスの感触が倍増しているのかもしれない。

「うんんっ……ぅんんっ……」

朋美が鼻息をはずませて、舌を使ってくる。さすがに深くは咥《くわ》えこめないようだが、時折唇をひろげて亀頭に吸いついてくる。小さめの唇にカリのくびれをぴっちりと包みこまれると、たまらない歓喜がこみあげてきて、身をよじらずにはいられない。

大変なことが起こりそうだった。

人妻のバキュームフェラで鍛《きた》えられているはずなのに、射精の前兆がこみあげてきてしまった。このままでは暴発してしまう、という気が遠くなるような瞬間が迫ってきてはやりすごし、やりすごしては迫ってくる。

このままでは恥をかいてしまいそうだった。

しかし、それもまた、悪くはないんじゃないか、ともうひとりの自分が言う。口内で暴発などすれば、男として立場を失くしてしまうだろうが、僕は朋美の彼氏でもなんでもない。最初から見下されている存在なのだから、いまさら恥をかいたところでどうということもないだろう。

だが一方の朋美は、初めてのフェラチオで男を暴発させられれば、性技に自信をもてるはずだ。ここは友達として、彼女に自信をもたせてやったほうがいいのではないか。

「うんぐっ……うんぐっ……」

男根をスライドする唇に熱がこもり、もはやこれまでと僕が諦めかけたときだった。フェラチオは唐突に中断された。もどかしさに悶える僕の腰に、再び異変が起こった。朋美がまたがってきた気配があり、唇とは似て非なるくにゃくにゃした柔肉が亀頭にぴったりとあてがわれた。先ほどまで、僕が熱心に舐めまわしていた部分だ。

「我慢……できなくなっちゃった……」

朋美が上ずった声で言い、亀頭がずぶりと呑みこまれた。熱く濡れた肉ひだが亀頭に吸いつき、からみついてくる。僕はアイマスクの下の顔を熱く燃やした。顔から火が出そうだった。

「んんんんーっ！」

男根が根元まで呑みこまれた。フェラチオをされたときと同様、視覚が奪われているぶん、結合の感触がひどく生々しい。濡れた花びらの一枚一枚まで、男根で感じとれるようだ。

しかし……。

いくら結合の感触が生々しいからといって、視覚に対する欲望が失われてしまったわけではなかった。いま憧れの女が、両脚を開いて自分にまたがり、僕のペニスを咥えこんでいるのだ。喜悦に美貌を歪め、裸身を発情の汗にまみれさせた姿を、蛍光灯の下にさらしているのだ。

「んんんっ……んんんんっ……」

朋美が鼻息をはずませながら、腰を使いはじめる。ぬちゃっ、くちゃっ、と淫らな音をたてて、肉と肉とをこすりあわせる。

見たかった。

アイマスクを取ってしまえばいいだけだった。

もちろん、それは友情に亀裂を入れる重大な約束違反だ。しかし、朋美だって約束など守っていない。予行練習は「セックスの一歩手前まで」だったはずなのに、自分からまたがって、ペニスを咥えこんでしまっているではないか。こちらだって興奮しているのだから、淫らに腰を振る艶姿を拝ませてもらってもいいではないか。

やめろ、ともうひとりの自分が耳元で叫んだ。

朋美のことだから、断りもなくアイマスクを取ったりしたら、その瞬間、結合をとかれるかもしれない。いまペニスを包みこんでいるヌメヌメした柔肉の感触と、お別れしなくてはならない。

わかっていても、視覚を取り戻したくて、いても立ってもいられなくなった。たとえ結合をとかれてしまっても、朋美が僕にまたがり、腰を振っている姿を一瞬でも拝めればそれでよかった。きっと一生ものの、衝撃的な光景が拝めるに違いないのだから……。

アイマスクを取った。

その瞬間、ビンタをされるとか、悲鳴をあげられるとか、少なくとも眼を吊《つ》りあげて睨みつけられると思っていたが、朋美のリアクションは思いがけないものだった。

「あああっ……あああああっ……」

両脚をM字に開いた淫らすぎる騎乗位で腰を使いながら、眉根を寄せ、眼尻を垂《た》らし、半開きの唇から涎《よだれ》さえ流しそうな顔で、僕を見てきた。いまにも泣きだしそうだった。僕が約束違反をしたからではない。

「あああっ……いいっ！」

肉と肉とをこすりあわせることに夢中になり、欲情しきっているからだった。僕の熱い視線を浴びても羞じらって両脚を前に倒すことなく、むしろ結合部を見せつけるように股間を上下させ、発情のエキスでネトネトした光沢をまとったペニスを女の割れ目から入れたり出したりした。

「ねえ、いいっ！　すごくいいっ！　こんなの初めて……キミのおちんちん、わたしのおまんこにぴったり合ってるっ……んんんっ！」

「おおおおっ……」

僕は声をあげて上体を起こし、朋美を抱きしめた。騎乗位から対面座位になり、ベッドをギシギシと軋ませて下から律動を送りこんだ。

「好きだっ！　好きなんだ、朋美っ！」

興奮がレッドゾーンを振りきったせいだろう、いままで胸に溜めこんでいた感情が、堰《せき》を切ったようにあふれだしてしまった。

「俺にしとけよ、朋美っ！　テレビ局のディレクターなんかやめて、俺と付き合ってくれっ！　理想には程遠いかもしれないけど、俺、頑張るからっ……頑張っておまえを満足させるからっ……」

涙声で言いながら、人妻との爛《ただ》れた関係に思いを馳《は》せた。大学時代からずっと片思いをしている朋美が振り向いてくれないからこそ、そんな堕落《だらく》したことをしてしまったのだ。やはり意中の女は、僕にとっては朋美ひとりなのだ。

「なあ頼むっ！　頼むから俺と付き合ってくれっ！」

下から突きあげながら、眼の前の乳房を揉みしだいた。手にした量感もたっぷりだったが、見た目も綺麗な巨乳だった。丸々と実っているのに垂れていない。おまけに乳首は薄ピンクだ。物欲しげに尖っているそれを、音をたてて吸いたてると、

「くぅううっ！」

朋美は白い喉を突きだしてのけぞり、お互いの陰毛がからみあいそうな勢いでぐりぐりと腰をまわしてきた。

「ねえ、してっ！　もっとしてっ……はぁああっ！」

「いいのか？　俺と付き合ってくれるのか？」

「ううっ……くぅううーっ！」

朋美はコクコクと顎を引き、濡れた瞳で見つめてきた。せつなげに眉根を寄せた表情で、僕の願いを受け入れてくれた。

「おおっ、朋美っ……朋美ぃいいっ……」

「はぁううっ……はぁおおおおっ……」

僕たちは対面座位から正常位、さらには後背位へと体位を変えながら、情熱的に愛しあった。蛍光灯の光の下で乱れる朋美を、僕は存分にむさぼり眺め、鋼鉄のように硬くなったペニスで突いた。ずちゅっ、ぐちゅっ、と卑猥《ひわい》な肉ずれ音が部屋中にこだましても、朋美は羞じらうことさえできなかった。それくらい、乱れていた。ひいひいと喉を絞ってよ

がり泣き、やがて同時に果てるまで、獣の牝《メス》となって肉の悦びに溺《おぼ》れきっていた。

4

朋美からあらためて連絡が入ったのは、一週間後のことだった。

僕は一週間前と同じように、上司に嘘八百を並べて残業をキャンセルし、待ち合わせに指定された居酒屋に向かった。

「ふふっ、お疲れさまー」

朋美はとても機嫌がよかった。普段は意味もなく不機嫌そうにしているので、笑顔で迎えられるとなんだか異常な感じがした。そもそも、待ち合わせ場所に先に来ていることからして珍しい。

もしかすると、と僕は思った。朋美という女は、彼氏に対してはこういう態度をとるタイプなのかもしれない。男友達にはそっけなく接しても、彼氏には甘々な態度ばかり見せる女子というのもいると聞く。ツンデレというやつだ。そうであるなら、上司に嫌味を言われながら残業をキャンセルしてきた甲斐《かい》もあったというものだった。僕のテンションは急上昇し、生ビールの味がひとしお旨《うま》く感じられた。

しかし……。

至福の時間はそれほど長く続かなかった。ニヤニヤしながら生ビールを飲んでいる僕に、彼女は冷や水をかけるような言葉を浴びせてきた。

「ありがとう。キミのおかげでなにもかもうまくいった」

「んっ？　なんの話だい？」

「理想の男よ。ついに昨日ね、初ベッドインを果たしたの。彼ったらね、恥ずかしがり屋の女の子が苦手なんですって。普段は貞淑《ていしゅく》でも、ベッドの中じゃ奔放《ほんぽう》なほうが好みなんですって。危なかったなあ。キミで予行練習してなかったら、わたし確実に地雷を踏んでたもの。でも、ばっちり明るい中で乱れちゃったから、結婚を前提に付き合いたいって言われちゃった」

「……ちょっと待ってくれよ」

僕は泣きそうな顔で朋美を見た。

「結婚を前提にって……俺のことはどうなったんだよ？　俺と付き合ってくれるっていう話は……俺、ちゃんとコクったじゃないか」

「やーね」

朋美は苦笑した。

「あんなことしてる最中に告白なんかされても、まともに答えられるわけないじゃないの。あのときうなずいたのはノリよ、ノリ」

「そんな……」

僕は唇を震わせた。目頭が熱くなり、本当に涙を流してしまいそうだった。

「まあまあ、落ち着いて」

朋美はまだ笑っている。

「でも、感謝しているのは本当だから。ちゃんとキミにも喜んでもらえる案件を用意しといたから……あっ、ちょうど来た」

朋美が手をあげ、店に入ってきた女が彼女の隣に座った。栗色の髪をくるくると巻いた、西洋人形のような女だった。朋美とはタイプは違うが、かなり可愛い。

「彼女、会社の同僚のサトミさん。キミのこと、話してあるから」

そう聞いて合点がいった。朋美の同僚ということは、一流企業の受付嬢だ。

「どうも。初めまして」

サトミと紹介された女に頭をさげられ、

「はあ」

僕は間の抜けた声で答えた。頭が混乱し、呆然自失《ぼうぜんじしつ》の状態だった。要するに、自分は付き合えないから、別の女を紹介するという意味だろうか？　いくらサトミが可愛いとはいえ、あまりにもひどすぎる話である。僕は朋美に六年間も片思いを続け、それがようやく実ったと思っていたのに……。

「サトミさんもね、わたしと同じなんだって」

朋美が声をひそめて言った。

「彼氏がいるんだけど、やっぱり恥ずかしくてＣＬＳが苦手らしいの。だったら予行練習すればいいって、キミを紹介することになったわけ」

朋美はバッグからアイマスクを取りだすと、「はい」と渡してきた。

「じゃあ、わたしは彼氏との約束があるから、あとはふたりで仲良くやってね」

朋美は立ちあがった。

「ちょ、ちょっと待てよ……」

僕の力のない声を背中で振り払い、朋美は颯爽《さっそう》とした足取りで店を出ていった。

残されたのは初対面のふたりと、気まずく白けきった空気だけだ。

僕はぬるくなった生ビールを飲んだ。まったく味がしなかった。

「ＣＬＳの予行練習がしたいんですか？」

自棄《やけ》になって訊ねると、

「はい」

サトミはきっぱりとうなずいた。可愛い顔をしているくせに、まったく迷いのない答え方だった。いくらアイマスクをするとはいえ、初対面である僕のような男に、女の恥部を舐めまわされてもいいというのか。

「それじゃあその……謹《つつし》んでお相手させてもらいますけど……それはべつにいいんですけど……でもその前に、ちょっと泣いてもいいですか？」

「どうぞ」

サトミがニコリともせずにもう一度うなずいたので、僕はおしぼりを手に取り、熱くなった目頭をその中に埋《うず》めた。

指

藍川 京

著者・藍川《あいかわ》 京《きょう》

熊本県生まれ。一九八九年のデビュー以来、ハードなものから耽美的なものまで精力的に取り組む。特に『蜜の狩人』『蜜の狩人——天使と女豹』『蜜泥棒』『ヴァージン』『蜜の誘惑』(いずれも祥伝社文庫)で、読者の圧倒的な人気に。小社最新刊は『情事のツケ』。

好評ブログは http://blog.aikawa-kyo.com

六時半に目覚《めざ》ましが鳴った。

カーテンのわずかな隙間《すきま》から朝日が差し込んでいる。

いつもとちがう天井が視野に入った。

水紀《みずき》は昨夜、翳《かげ》りの載《の》った肉マンジュウのあわいに指を入れ、花びらや肉のマメを玩《もてあそ》んで法悦《ほうえつ》を極《きわ》めたことを思い出した。

心地よい疲労の中でそのまま眠りに落ちてしまったが、そんなことをして休んだことが恥ずかしくなった。

考えごとをしていて眠れないときも、自分の指で恥ずかしいことをして達すると、すぐさま寝入ってしまう。

自慰には睡眠剤の効果がある。だが、眠りたくて恥ずかしい行為をするのではなく、欲情して眠れないから指を伸ばすのだ。

すぐにシャワーを浴びた。

二十代の頃は、ひとり旅など考えたこともなかった。女同士の旅も考えられなかった。それが三十半ばになった今、ひとり旅はいいものだと思えるようになった。友人と、女同士の旅もするようになった。

朝から曇っている。晴れているより過ごしやすい。紫陽花《あじさい》にも太陽は似合《にあ》わない。

鶴岡《つるがおか》八幡宮近くのホテルに滞在している水紀は、八時過ぎに江《え》ノ電《でん》に乗って鎌倉《かまくら》駅を発《た》った。ホテルから鎌倉駅まで五分ほどしかかからないし、江ノ電に乗ると、長谷《はせ》駅まで、わずか五分だ。そこから長谷寺まで、歩いて十分もかからない。

開門の時間直前に長谷寺に着いた。

拝観は八時半からだ。開門と同時に寺に入ると、何種類もの紫陽花の写真と名前の入った丸団扇《うちわ》を渡された。番号が書いてあり、それが眺望散策路に入るための整理券になるらしい。

さすがに、まだ観光客は数えるほどだ。

紫陽花や花菖蒲《はなしょうぶ》の季節は、平日でも混み合うと聞いていた。それも尋常《じんじょう》ではなく、経《きょう》堂《どう》脇の紫陽花の咲き乱れる眺望散策路を辿るまでに、一時間待ちも珍しくないという。紫陽花に限らず、花は一部を除いて早い時間の方がいい。紫陽花もゆっくり見たい。長谷寺には開門と同時に入ろうと、昨日から水紀は考えていた。

かつて二、三度、長谷寺を訪れたことがある。春と秋だった。紫陽花の季節は初めてだ。

妙智池《みょうちいけ》と放生池《ほうじょういけ》の間の道から石段を上って、千体地蔵《せんたいじぞう》が所狭《せま》しと並んでいる地蔵堂へ向かい、さらに石段を上った。

視野が開け、大きな建物が目に入った。

まず阿弥陀《あみだ》堂で、三メートル近い金色に輝く阿弥陀如来《にょらい》像を拝《おが》んだ。

それから、左隣の観音堂に行き、本尊である十一面観音菩薩《ぼさつ》像に手を合わせた。

阿弥陀如来同様、金色に輝いている。阿弥陀如来も立派だが、こちらは九メートル以上ある巨大な本尊で、何度見ても圧倒される。

手を合わせた後に高貴な顔を眺《なが》めていると、心の中のすべてを覗《のぞ》かれているようで、水紀は思わず目を伏せた。

参拝《さんぱい》できた感謝を伝えた後は、大黒堂《だいこくどう》脇の散策路へと進んだ。

散策路入場うちわ番号案内と書かれた大きな立て看板が立っている。混んでくると、ここに並ぶのかもしれない。

今のうちに紫陽花を見ておくに限る。それから境内《けいだい》をゆっくりとまわればいい。

眺望散策路入口の左脇にある経堂後ろの崖壁も、紫陽花でいっぱいだ。それだけでも息を呑《の》む美しさだ。

散策路の石段を上り始めると、左右に紫陽花が咲き乱れ、空気も澄み切っている。

二日前に少し雨が降ったせいか、紫陽花が生き生きとしている。ひとり旅は誰にも気兼ねしなくていい。のんびりとできる。

押すな押すなの状況では、たとえひとり旅でも立ち止まれないだろうが、まだ人が少ないだけに、水紀は気に入った紫陽花の前では立ち止まり、ときには写真を撮り、ゆっくりと歩いた。

ブルー、ピンク、紫、白……と、様々な色の紫陽花が大きな花を咲かせているが、派手さはなく、しっとりとしている。

一輪で派手な花もあるが、二千五百株も群生《ぐんせい》しているこの散策路の紫陽花は、寺を見守るように静かに咲き開いている。

眼下に由比《ゆい》ヶ浜《はま》や材木座《ざいもくざ》海岸が見える。その向こうは三浦《みうら》半島だ。

かつて訪れた古代蓮《はす》で有名な光明《こうみょう》寺は、材木座あたりのはずだと、水紀はしばらく立ち止まって遠方に目を凝《こ》らした。そのときは、元倉《もとくら》と一緒だった。

元倉とは十年のつき合いになる。別れるべきかどうか考えている。何度、こんなことを考えただろう。

最初から、妻子ある男とわかってつき合ってきた。妻の座に座りたいとは思っていない。そんな時期もあったが、今の関係の方が気楽でいいと思っている。それでも、あれこれ考えてしまう。

海を眺めていたつもりが、ひととき考えごとをしていて、何も見ていなかったことに気づいた。

ぼっとしている間に、わずかに人が増えてきた。下から歓声も上がっている。

振り返って今来た道の紫陽花を眺めた水紀は、散策路の奥を折り返し、食事処、海光庵《かいこうあん》脇の出口に出た。

まだ散策路への制限はないらしいが、参拝客は確実に増えている。

経堂の正面にある海光庵は九時半からの営業だ。今の時期はすぐに一杯になりそうで、境内をまわるより先に軽い食事を摂《と》る方が利口な気がした。

今朝、野菜ジュースを呑んだだけなので、急に空腹を感じた。

まだ少し時間はあるが、店が開くのを待つことにして、入口近くに立った。

「早いなあ。近所の人？」

眺望散策路から降りてきた男が、気さくに声を掛けた。

四十半ばだろうか。やけに健康的だ。口元からこぼれる白い歯のせいかもしれない。

「身軽だし、やっぱり近所の人か」

「いえ……旅行中です」

「この時間にここにいるんじゃ、まだ下境内《しもけいだい》は見てないんだろう？」

「下境内って……？」

「ここは上境内《かみ》。階段の下の山門のある方が下境内だ」

そういう呼び名があるのを、水紀は初めて知った。

「散策路は今どき大変な人出と聞いて、真っ先にこちらにきたんです。だから、まだ他は見ていません。でも、阿弥陀様と観音様にお詣《まい》りはしましたけど」

お詣りもしないで紫陽花を見ていたと言えば呆《あき》れ返るのではないかと、慌《あわ》ててつけ足した。

「人が少ないうちに下境内もさっと見ておいて、それからここで休憩するといい」

「でも、他をまわっているうちに、ここも満席になりそうですから待ちます。ちょっとお腹も空《す》いて」

感じのいい男なので、水紀も気さくに答えた。

「九時半になったら来ればいい。席は取っておいてやる。観光客なら、こんないい時間にぼっとしてるなんて、もったいないじゃないか」

「でも……」

「混んでるときにふたつのテーブルを取るわけにはいかないから、同席だ。そして、僕の奢《おご》り。だったらいいか？　余計にだめと言われたりして」

男がクッと笑った。

「じゃあ……お願いします。でも、戻ってきたら消えていたなんてことになると困るわ。本当にお腹が空いてるの」

同席したくない男なら、さっさと断っている。だが、話のできる相手と察し、その気になった。わざと、おどけた口調で言った。

「つまり、うんと食べさせてくれと、そういうことなんだな。わかった。僕が一番先頭だから、どれも売り切れることはないはずだ。九時半ちょうどじゃなく、五分、十分過ぎてもいい。だけど三十分過ぎても姿を現さなかったら、敬遠されて逃げられたと思うしかないだろうな」

「どっちでしょうね。じゃあ、よろしく」

水紀はまたもおどけた口調で言うと、軽く頭を下げて背を向けた。

ひとり旅はいい。ひとりは気楽だと思っていたものの、男に声を掛けられ心が弾《はず》んでいる。

階段を下り、弁天堂寄りの道を歩いた。放生池には花菖蒲の花筏《はないかだ》が浮かんでいる。花筏は、風の吹くまま花菖蒲を載せてゆらゆらと揺れている。今、水紀も花菖蒲のように揺れている気がして歩を止めた。

山門の方に目をやると、脇の入口から続々と人が入ってくる。早めに紫陽花を見ておいてよかったと胸を撫で下ろした。

白とピンクの混じった下野《しもつけ》や黄色い未央柳《びょうやなぎ》、白い海芋《かいう》なども見頃だ。

写経《しゃきょう》場の弁天堂手前の大きな和《なご》み地蔵が人気者で、今日も写真撮影している若いカップルがいた。

その先が弁天窟だが、水紀は海光庵の男が気になった。食事が終わってから弁天窟に入ればいいと考え、しばらく花筏を眺めて時間を過ごし、頃合いを見計らって戻った。

開店から五分過ぎ、海光庵前に数人並んでいるが、男の姿はなかった。

中に入ると、窓際の席に座っていた男が手を上げた。

「特等席だろう？　いちばんに入って最高の席を陣取った。あっという間に満席だ」

「もう外に人が並んでたわ。いてくれないと並ばないといけないところだったわ。逃げられてなくてよかった」

得意げな男に、水紀は唇をゆるめた。

「空腹で倒れでもしたら目も当てられないと思って、逃げるに逃げられなかった」

「お心遣いに感謝します」

男の軽口が楽しく、剽軽《ひょうきん》な口調で返した。

「カレーライスとおでんと五穀《ごこく》がゆ、みそ田楽に、食後のデザートは、だんごとケーキセットとぜんざいを注文した。おっと、忘れてた。酒が呑めそうなタイプと思って、生ビールも頼んだ。足りるか？」

「それだけあれば十分だわ」

冗談に決まっている。水紀は満足の表情で返した。

「島田《しまだ》水紀です。名前も知らないまま、お食事は変じゃないかと」

「水紀さんか。泉沢《いずみさわ》です。開門と同時に一直線に紫陽花を見に行ったから、てっきり、混むのを知ってる地元の人かと思ってたんだが」

「えっ……？」

「足が速いな。健康そのものだ。長谷駅からここまでのスマートな歩き方に惚《ほ》れ惚《ぼ》れした。スラックスじゃもったいない。できたらミニスカートで歩いてもらいたいと思ったものだ。拝観料を払うと、さっと階段を上っていって、まずはきちんと参拝して、それから散策路に入ると、今までとはちがって実にゆっくりと紫陽花を観賞していた」

どうだと言わんばかりに、にやりとした泉沢に、水紀は唖然《あぜん》とした。だが、かろうじて平静を装《よそお》った。

「後をつけられてたなんて気づかなかったわ。振り返ろうなんて思いもしなかったから」

「後をつけたわけじゃない。僕もここに来るつもりだった。ただ、長谷駅の改札を出るのが、きみよりちょっと遅かっただけだ。前方に、モデルのように颯爽《さっそう》と歩いていく女がいた。なかなか追い越せなかった。それだけのことだ」

「わざと追い越さなかったんでしょう？　そんなにあなたの脚が短いとは思えないわ」

「足長に見られて光栄だ」

「長いとは言ってないわ。短くはないと言っただけ」

泉沢が苦笑した。

「ああ言えばこう言う。口から先に生まれてきたんだろう。一緒にいて飽きない相手だな」

以前、同じようなことを言われたことがあり、水紀もクッと笑った。

窓から由比ヶ浜が見える。紫陽花の咲く散策路から眺めた海もよかったが、窓の下には竹林が広がっていて、真上から見下ろす緑が美しく、その遙《はる》か向こうの由比ヶ浜が、またちがった趣《おもむき》で視野に入ってくる。

生ビールがふたつ来た。

「十時前から生ビールが呑める寺なんていいだろう？　とにもかくにも乾杯だ」

こんな時間からビールを呑むことはないが、喉が渇いていたので美味《おい》しい。それに、泉沢に興味がある。

二十歳の頃は、周囲を見まわすと、つき合いたい男はたくさんいた。それが、歳を重ねるだけ、そんな男が少なくなってきた。異性への興味が薄れたのではなく、社会に出て働き、多くの者と知り合い、男を見る目が厳しくなってきたのに気づいた。それは、自分が少しは成長した証《あかし》かもしれなかった。

そんな中で選んだのは、すでに妻子ある元倉だった。尊敬できる相手でなければ、異性としてつき合う意味がない。妻子がいてもよかった。

元倉とつき合い始めても、他の男とつき合ったことがある。けれど、やはり最後は元倉を選んでいた。今も好きだ。けれど、還暦《かんれき》になった元倉とつき合いが長いだけに、ふたりでいても最初の頃のように燃え上がらない。

『夫婦みたいな落ち着いた感じになってきたな』

元倉にそう言われたとき、

『奥さんがふたりとは贅沢《ぜいたく》ね』

水紀は軽く返したが、心穏《おだ》やかではなかった。

つき合った年月の長さが、ふたりを男と女ではない近親者のような間柄《あいだがら》にしてしまったのに気づいた。気持ちは通じ合っている。それだけでいいと思いながらも、燃えるような営《いとな》みが懐かしくなった。

最近、悶々《もんもん》としているのはそのせいだ。

しめやかな喘《あえ》ぎではなく、大きな声を上げて激しく睦《むつ》み合った若い日が懐《なつ》かしくなる。自分の歳を考え、そんな日々はとうに過ぎてしまったのだと思おうとしても、最近は、なぜか若かったときのことばかり思い出してしまう。

「おい、そんなに外の景色が気に入ったのか」

泉沢の声に我に返った。

ひとときグラスを持ったまま、ヨットが浮かんでいる窓の向こうの相模《さがみ》湾に目を向け、考えにふけってしまった。

「本当にいい景色。最高の席だわ」

水紀はさらりと誤魔化《ごまか》した。

カレーとおでんと五穀がゆが運ばれてきた。

「僕はカレー。きみは五穀がゆ。それと、おでんとみそ田楽が半分ずつならたいした量じゃないし、デザートはこれが終わって持ってきてもらうことにしている。ケーキセットとぜんざい、どっちがいい？　そうだ、だんごも一皿頼んだ。二本しか入ってない」

「冗談でしょう？」

もしや本当ではないかと思い始めたが、やはり、まさかと打ち消した。

「デザートは別腹と言うじゃないか。満腹でも、好きなデザートを見ると、胃が隙間を作るのは知ってるだろう？　医学的に別腹は本当にあるとわかってるんだ。そうじゃなくても、腹が減って死にそうじゃなかったのか？　気を利《き》かしたんだぞ」

「腹八分じゃないと。食べ過ぎは万病の元よ」

中肉中背で中年の肥満とは縁遠そうな泉沢の体型だけに、大食いとは思えない。デザートまで頼んでいるのが信じられなかったが、甘いものも食べたかった。別腹で口に入りそうな気がしてきた。

「泉沢さんは地元の人？」

「住まいは東京だが、仕事場を鎌倉にも持ってるんだ」

「都内にご家族？」

「ああ」

「仕事場を口実に、奥さんにないしょで悪いことをしてるんでしょう？」

「大当たり。勘《かん》がいいな」

わざとらしく大袈裟《おおげさ》に感心してみせる泉沢に、真偽はわからないが、妻以外の女がいるような気がした。

妻がいようが愛人がいようが、そんなことはどうでもいい。気に入られようと媚《こ》びへつらう男は好きではないし、はっきりしない男も嫌いだが、泉沢は好きなタイプだ。

「どこから来たんだ」

「名古屋《なごや》よ」

「じゃあ、そう遠くもないし、旅にはいい距離か」

「ええ、うまくいけば鎌倉まで二時間半なの」

話をしながら、水紀は泉沢の指をときおり盗み見ていた。

男の指は気になる。

異性として関心のない男の指に興味はないが、オスを感じさせる男の指は妖《あや》しく感じてしまう。

その指でどんなふうに女の秘部をいじり、声を上げさせるのだろうと、下腹部がムズムズとするような劣情《れつじょう》に駆《か》られる。

泉沢は女に関心がある。妻以外の女を抱いている……。

水紀には確信があった。

綺麗《きれい》に切られた爪は、女の秘部をいじるときや花壺に挿入《そうにゅう》して玩ぶときに怪我《けが》をさせないように、いつも気をつけているからだ……。

そんなことも考えた。

泉沢の総身からオスの匂いが放たれている。鼻孔《びこう》で感じる匂いではなく、五感以外で感じる香りだ。

「炊事なんかしたことがないような綺麗な指だな」

泉沢の指を盗み見て淫《みだ》らなことを考えていたときに指のことを言われ、水紀の心臓がドクッと音を立てた。

「炊事ぐらいしてるわ……ひとり分じゃ、洗い物も少ないし」

シングルだと伝えたつもりだ。

「最近のいい女は結婚しないんだよな。男が頼りないんだろう？」

いい女、にも言い方があり、不愉快なことがあるが、泉沢の言葉には不快感はなく、むしろ、いい女に見てくれているならいいがと思った。

食事が終わると、ぜんざいと、だんご二本とケーキセットが運ばれてきた。注文していたのは本当だったのだと、水紀は苦笑した。

ぜんざいとだんごは泉沢、ケーキセットは水紀が食べることになった。

「どこに泊まってるんだ」

「鶴岡八幡宮の近く」

「それなら、仕事場が近くだ。晩飯もタダで食いたいなら奢ってやる」

「三日も四日もは無理でしょうね？」

「泊まるのは今夜だけじゃないのか」

「昨日から四泊予定なの」

泉沢がどんな表情になるか窺《うかが》うと、すぐに指を折り始めた。

帰るまでの食事の回数を数えていたとわかり、またもおかしくなった。

「帰る日も晩まで食べるとなると、あと十食だな」

「それだけ食費が浮けば、お土産《みやげ》にお金を掛けられるわ。でも、仕事をしないで観光案内しているわけにはいかないでしょうし」

「そのとおり」

今までとちがう泉沢の口調がおかしかった。

「さすがに十食も奢るのは無理みたいね」

「八幡宮の近くで食事なら、何とかしようと思えば何とかなる。瑞泉寺《ずいせんじ》や報国寺《ほうこくじ》あたりに来てと言われるのはまだいいが、江ノ島や逗子《ずし》にいて腹が減ったと言われると困る。仕事があるし、昼間からそこまでは駆けつける時間の余裕はないかもしれないからな」

「鶴岡八幡宮だけをぐるぐるまわってるわけにもいかないわ」

「そりゃ、そうだ。混んできた。店の前にだいぶ並んでる。コーヒーが空になったら出るか」

　入店できずに待っている客が見える。わかっていたが、申し訳ないと思いつつも、デザートまで泉沢が頼んでいたので、意外と時間がかかった。最後にコーヒーが呑みたかっただけに、水紀は満足だった。

　平日だが紫陽花の季節のせいか、やたら人が多い。まだ十一時前というのに、店を出ると、紫陽花の小径への順番待ちの列ができていた。

「この分じゃ、午後から来ようものなら、一時間以上は足止めを食うな。一番乗りでゆっくり紫陽花を見られてよかった。今からじゃ、人を見に行くようなもんだ。で、ここからどこに行く予定なんだ」

「まだ弁天窟にも入っていないし、もう少し下を見て、近くの光則寺《こうそくじ》や高徳院《こうとくいん》をぶらぶらと。後は気持ちしだい。泉沢さんの予定は？」

「またも一緒のようだ」

　泉沢がすぐに返した。

「まずは腹ごなしに少し歩くか？　案内を買って出よう。まあ、あれだけ奢ってもらった後じゃ、断りにくいだろうな」

　どうだと言わんばかりの表情が楽しい。

「あと十食をどうしようかと考えていたところだし、このままパトロン候補に逃げられたら損した気持ちになるわ」

水紀もさらりと返した。

長谷寺を出て、光則寺と高徳院に行った。それから、鎌倉に戻り、泉沢の事務所に入った。

水紀の方から、事務所を見たいと言った。泉沢は、汚いところだと言ったが、すぐに承諾した。

泉沢と一緒にいる時間が長くなるほど、淫らな感情がふくれ上がった。水紀の泊まっている部屋はシングルだ。都会の大きなホテルでもなく、目立ちすぎて泉沢を入れるわけにはいかない。事務所を見たいと言ったのは、ふたりきりになるためだった。

事務所はビルの二階だ。

デスクが中央に置かれ、壁際《かべぎわ》に来客用らしいソファが置かれている。

緊張を悟《さと》られまいと、勝手に窓を開けた。大きな木があり、直径二十センチはありそうな白い花が咲いている。蓮の花を小さくしたようにも見える。手を伸ばせば届きそうだ。

「泰山木《たいさんぼく》の花かしら」

「そうだ。よく知ってるな」

「いい香り。最高のときに見られたのかしら。まさか、ここでこんなに綺麗な花に巡り会えるとは思っていなかったわ。大きな木だから、いつも下から眺めるだけで、こんなに近くから花を見下ろしたのは初めて。ワクワクする感じ。写真を撮っておかなくちゃ」

水紀はデジカメを手に取った。

香り、白さ、大きさと、どれをとっても気品があり、堂々としている。

長谷寺の大きな十一面観音菩薩像を眺めていたとき、心の中を覗かれているようで思わず目を伏せた水紀だったが、目の前の泰山木の花にも、何もかも見抜かれている気がした。

「ずいぶんと花を撮ってたな」

「今日はこれが最高。ここに入れてもらえてよかったわ」

水紀は本心を悟られないように、何度かシャッターを切った。

「ここは三年ほど事務所に使ってるから、花が開いたのは三回目だ。花はこんなに立派なのに、意外と短命だとわかった。これも明日には黄ばんでると思う」

「こんなに凛《りん》として美しいのに、明日はこの白さはないのね……？」

「花の命は短くて……だ。綺麗なうちに愛《め》でないと惜《お》しい」

そう言った泉沢は、立ったまま水紀を抱き寄せた。

唇を奪われたとき、それを望んでいたというのに、激しい動悸《どうき》がした。まるで、ウブな女になったようだ。泉沢の舌が、すぐに水紀の唇を割って入り込んだ。

舌をまさぐられても、水紀はすぐには動けなかった。口蓋《こうがい》をなぞられ、ねっとりと舌に絡みついてきたとき、初めて舌を動かした。

最初は互いを確かめるように、ゆっくりと舌を絡ませていたが、すぐに激しい唾液の奪い合いになった。

すでに水紀を知り尽くしているように、泉沢の舌は巧《たく》みに動いた。

髪の生え際も指先も下腹部も、ざわざわと波立っている。その疼《うず》きを紛《まぎ》らすために、水紀はいっそう激しく舌を絡めた。

こんなに激しい口づけをかわすのは久しぶりだ。体内の血が沸々《ふつふつ》と滾《たぎ》っている。女の器官全体が、しっとりとした湿りを通り越し、うるみでいっぱいになっているのがわかる。

「あっ！」

引き寄せられ、そのまま泉沢とともにソファに腰が落ちた。

いったん離れた唇が、すぐに合わさり、いっそう舌の動きは激しさを増した。貪《むさぼ》り合うよう唾液を絡め取った。

ここだけ熱風が渦巻いているようだ。

舌を動かしながら、泉沢の手は水紀の下腹部をまさぐり、スラックスのファスナーを下ろそうとした。

「いや！」

顔を離した水紀は、泉沢の手を押し退《の》けた。

「その気になってると思ったが」

強引にことを進めようという気はないのか、落ち着いた口調だ。

かえって水紀は不安になった。

「ここじゃいや……うんと声を出せるところに……連れて行って」

息を弾ませながら、掠《かす》れた声で言った。

「この近辺には規制の条例があって、ラブホテルやパチンコ店はないんだ。普通のホテルだが、いいホテルがある」

「だめ……」

「獣《けもの》のように吼《ほ》えてもいい場所でないと困るのか」

泉沢の言葉が恥ずかしく、水紀は視線を逸《そ》らした。

「焦《じ》らされているのかもしれないな。さて、どこに行けばいいものやら。車で少し離れたところに行くしかないが、事故を起こさないように運転しないとな」

クッと笑った泉沢が、立ち上がった。

久しぶりのラブホテルだ。

泉沢は、かつてここを利用したのではないかという気がした。

小綺麗で猥褻《わいせつ》な部屋だ。大きなベッドとテーブル。いかがわしいこともできるようなソファ。ベッドの右側の壁には、大きな鏡が塡《は》め込まれている。

元倉と会うときはシティホテルで、どちらかが先にチェックインし、時間をずらして入室していた。廊下が気になり、行為の最中も没頭できず、常に声を押し殺していた。

元倉は、聞こえてもいいじゃないか。聞かせてやれと言ったが、どうしても廊下や隣室が気になって、なかなか集中できなかった……。

「こんなことになるとはな」

「事務所に人が来たらどうするつもりだったの……？」

「面白いじゃないか」

泉沢がジャケットを脱ぎながら笑った。

「うんと声を出せるところに連れて行ってと言われたときは驚いた。最高だ」

「言わないで……」

今さらながら、よくそんなことを口にできたものだと恥ずかしくなった。激しく燃えたいと思っているものの、今日、初めて会った男に、そんなことを言った自分の大胆さに呆れた。

「シャワー、浴《あ》びるか？　浴びなくてもいいんだ」

「いや……あんなに歩いたのに」

「獣になるなら、石鹸《せっけん》の匂いより汗の匂いだ。噎《む》せるような体臭と流れる汗。どろどろの男と女。それが望みじゃないのか」

抱き寄せられそうになり、水紀は慌てて躰《からだ》をかわした。

「大胆さと繊細さを持ち合わせた女は魅力的だ。シャワーを浴びてくるといい。風呂《ふろ》上がりの一杯は美味《うま》いぞ。おう、たっぷり缶ビールが入ってる」

泉沢が冷蔵庫を開けた。

水紀から泉沢を誘い、ここまで来た。今まで声を掛けられることはあっても、水紀から男を誘うことはなかった。それが、最初は泉沢に声を掛けられたとはいえ、その後は水紀が事務所を見たいと言い、次にはラブホテルに誘っていた。自分から誘っておきながら、泉沢の落ち着きの前で、水紀の方が負けている。

軽薄な女に見られているのではないか。女など数え切れないほど知っているのではないか……。

ここまで来ていながら不安が掠めた。

「ラブホテルじゃ、どこにいても丸見えだな。どうせ脱ぐなら、せっかくだから、ここでストリップなんかどうだ。しかし、ストリップって感じじゃないな。ストリップ嬢はどんな子がやってるか知ってるか。実に様々で、以前通ってたストリップ劇場の女は、インテリばかりだった。英語ぺらぺらの子や、毎日一冊は文庫本を読破するという子や、漢字検定一級を持ってる子までいて、好きでやってる仕事は最高だと言ってた」

「プロの脱ぎ方に敵《かな》うわけはないから、やめておくわ」

借りてきた猫のようになるのも本意ではなく、何とか自分を鼓舞《こぶ》して返した。

丸見えの浴室と脱衣場では隠れようがない。ベッドに腰掛けている泉沢に背を向け、パンツスーツを脱ぎ、最後にショーツを抜き取ってソファの服の下に隠した。

「颯爽とした歩き方から想像していたとおり、くびれた腰にツンと盛り上がった尻。すらりとした脚。完璧だ。亭主はいないのか」

「いないわ。バツイチでもないし」

「愛人にしたいという男はいるだろうな」

水紀は喉《のど》を鳴らした。背を向けているので気づかれなかっただろうが、冷静ではいられない。自分できちんと生活費は稼《かせ》いでいる。男と同等に働いている。だが、妻子ある男とつき合っている自分は愛人だろうか……。

「お先に」

水紀は浴室に入った。

ベッドから丸見えだけに、肉マンジュウに隠れている女の器官に指を入れて丁寧に洗いたくても、泉沢の視線が気になる。

泉沢が服を脱ぎ始めた。

もしやと思っていると、予想どおり、浴室に入ってきた。

「せっかち……」

「事務所で押し倒そうとしたのに拒《こば》まれた。あれから今までよくもったと思わないか？せっかちなら、あそこでとうに合体だ。オッパイもいい形だ。あそこも上等だろうな」

シャワーのノズルを水紀の手から奪《うば》った泉沢は、水流を水紀の張りのある乳房に向けた。

「あう」

「こっちも美味そうだ」

今度は、水流が漆黒《しっこく》の翳りを載せた肉マンジュウに向いた。

「中まで洗うなよ。無味無臭になっちゃ、惜しい。獣はいやらしい匂いで猛《たけ》り立つんだ」

水流を自分に向けた泉沢は、肩から胸、下腹部へとシャワーを掛けていった。

茂みの中から、血管の浮き出た屹立《きつりつ》が立ち上がっている。還暦を迎えた元倉よりひとまわりほど若く見える泉沢の股間のものは、エラが張り、想像以上に元気そうだ。

泉沢がノズルを壁に掛け、抱き寄せて唇を塞《ふさ》いだ。

水紀もすぐに舌を絡ませ、唾液を貪り始めた。待ちきれず、浴室でこうして立ったまま口づけを交わすのも久しぶりだ。新鮮さに、またも燃えた。

泉沢の右手が水紀の肉マンジュウに入り込んだ。

「んっ……」

水紀の鼻からくぐもった喘ぎが洩れた。

海光庵で、綺麗に爪の切られた泉沢の指を盗み見ながら、その指でどんなふうに女の秘部をいじり、声を上げさせるのだろうと考えた。淫らな指に思えて、下腹部がムズムズするような劣情に駆られた。

あの指が今、女の器官をいじりまわしている。

綺麗に切られた爪は、女の秘部をいじるときや花壺に挿入して玩ぶときに怪我をさせないように、いつも気をつけているからだ……。

あのとき、そう思った。

泉沢は女に関心があり、妻以外の女を抱いているとも思った。

肉マンジュウの中をまさぐる指の動きは、憎らしいほど巧みで気持ちがいい。

花びらをいじりまわし、肉のマメを包んでいる包皮を丸く一周し、また花びらや、その脇の溝をいじりまわしている。

水紀の鼻から熱い息が洩れた。下腹部を玩ばれるだけ、舌を激しく動かした。

「うぐ……」

泉沢の中指が秘口に沈んでいった。

女壺に潜《もぐ》り込んでいく指は肉茎のように太くはないが、押し広げられていく肉ヒダの心《こ》地《ち》よさに、後ろのすぼまりまでズクリと疼いた。

舌が絡み合い、互いに唾液を奪い合っているが、泉沢の指は舌の激しい動きとはちがい、ゆっくりと沈んでは引き出され、焦らすように動いている。

もっと……と言うように、水紀は腰をくねらせた。それでも指の動きは変わらなかった。

我慢できなくなった水紀は右手を伸ばし、泉沢の屹立を握った。掌の中でヒクッと肉茎が躍《おど》った。

ゆっくりとしごきたて、肉傘のところはコリコリと集中的に刺激した。

いったん抜かれた女壺の指が、人差し指とともに二本になって沈んでいった。指は単純な出し入れだけでなく、いっそう押し広げられた肉のヒダを、横に動いたり振動するように小刻みに動いたりした。

総身が熱い。感じすぎて倒れそうだ。

「入れて……」

顔を離した水紀は、掠れた声を出した。

「続きはベッドだ」

そう言った泉沢は、指を女壺に入れたまま親指で肉のマメを包皮越しに揉《も》みしだいた。

「あっ……だ、だめ……」

「今すぐ、いくときの顔を見たくなった」

水紀の背中にまわしている手をグイと引き寄せた泉沢は、水紀を一気に絶頂へと導くように、肉のマメを素早い動きで玩んだ。

「あ、ああっ！」

法悦《ほうえつ》の波が突き抜けていった。

顎を突き出し、硬直した直後、倒れそうになった水紀を、泉沢は左手でがっしりと支えた。

ベッドに横になった水紀の太腿を、泉沢が大きく押し広げた。

「すっかり咲き開いた花だな。花は咲いたら散るのみだが、この花は開いても、また閉じて、また開く。この花は若いときから少しずつ色も変わるし、形も微妙に変わる。進化する花と言ったらいいか、咲き開いても終わりじゃないところがいい」

秘園を眺めているだけの泉沢に、水紀は腰をくねらせた。

触れられるより、見つめられるだけの方が羞恥《しゅうち》がつのる。淫靡《いんび》な気持ちがふくらんでいく。だが、ここに来たのは、ねっとりとした性愛を楽しむためではなく、激しい獣のような行為がしたかったからだ。

「こんな歳になっていながら発情してるの……若いときのように、思いっきり乱れて見たい、そう思ったの」

誘うように膝を立て、太腿をいっそう大きくつろげた。それだけでうるみが溢《あふ》れた。

「いい眺めだ。発情してる女はいい」

泉沢がふふと笑った。

「あなたに会ったときから、いやらしい指だと思って眺めてたわ。女をたくさん知ってる指だと思ったの。そうでしょう？　さっきの指でわかったわ」

自分を奮い立たせて言った。

「いやらしい指を、褒《ほ》めてくれてるのか？」

「そう。上等の指よ。奥さん以外にもたくさん使ってる指」

水紀は図星《ずぼし》でしょうと言いたかった。

「そうだな。女房だけとは言えないな。だけど、きみも何人もの男を知ってる。ただし、みんな物足りなくて夫にしようとまでは思えなかった。そういうところだろうな」

太腿のあわいに泉沢の頭が入り込んだ。そして、浴室で絶頂を迎えた後の、ぼってりとした充血の収まっていない花びらを舐め上げた。

「あう！」

水紀はグイと胸を突き上げた。

左右の花びらの尾根を辿《たど》るように舐めていった泉沢は、その脇の肉の溝も舌先で滑り、聖水口を捏《こ》ねまわした。

さわさわと快感の波が広がっていく。

泉沢は指だけでなく、舌戯にも長《た》けている。このまま口戯《こうぎ》を施《ほどこ》されれば、またも簡単に法悦を極めそうだ。それとも、一度だけ過《よ》ぎっていく大きな絶頂ではなく、何度も繰り返し過ぎっていく至福の悦楽を与えてくれるだろうか。

元倉とつき合うようになって教えられた何十回と続く法悦。女としては魅惑の快感だ。けれど、やはり獣になりたい。今は激しく睦み合いたい。

泉沢とならば獣になれそうだ。そう思ってここまできた。メスになれる。泉沢にオスを感じている。

「あう……いい……だけど、私も食べたい。あなたのオクチでいく前に、おっきいのを食べさせて」

「もっと食べていたい。美味い蜜《みつ》だ」

「くっ！」

今度はべっとりと舐め上げられ、蜜が多量に溢れ出た。

このまま舌戯を施されては、またも絶頂を迎えてしまう。一方的に愛される贅沢さ、身をゆだねているだけでいい幸せは、元倉からいつも与えられている。

水紀は何とか半身を起こした。そして、太腿の間に潜り込んでいる泉沢の頭を押した。

「下手《へた》か？」

顔を上げた泉沢の唇が、水紀のぬめりで光っている。

「上手《じょうず》すぎて、続けられると失神しそう。私にも食べさせて」

「キスの上手《うま》いその口でムスコを咥えられたら、すぐに爆発しそうだ。二十歳の男とはちがう。一分で回復するのは難しいし、どうしたものかな」

「爆発する前にやめるわ。だって、早くひとつになりたいの」

泉沢にだから正直に言える。会って数時間しか経っていないのに、妙に気持ちが通じる。長くつき合っている元倉のことさえ話したい。泉沢の妻以外の女のことも訊いてみたい。それでもわかり合えるような気がするのが不思議だ。

「シックスナインからか」

「だったら、私が上。下はやりにくいもの」

「確かに下はやりにくい。首も疲れる」

笑った泉沢が仰向けになった。

「もうオクチでしてもらったから、シックスナインでなくていいわ」

水紀は泉沢の太腿の狭間《はざま》に入り込み、茂みから立ち上がっている屹立を右手で握ると、ぱっくりと咥《くわ》え込んだ。太すぎるのも長すぎるのもよくない。ちょうど好みの大きさだ。口戯を施すときも大きすぎると疲れる。女壺に入り込んでくるときも出し入れのときも、心地よさが半減する。

肉茎を根元まで咥え込んだ水紀は、ゆっくりと頭を引いていった。唇がエラに引っかかると、丸くした唇でコリコリとしごき立てた。また深く咥え込み、肉茎を唇でしごきながら竿の先へと向かい、今度は亀頭を舌先でねっとりと舐めまわした。次に舌先を尖らせ、鈴口をやさしくつついて捏ねまわした。

頭を浮き沈みさせながら、肉茎の根元をつかんでいる右手に強弱をつけ、左手で玉袋を軽く揉みほぐした。

「おう……思ったとおり、上手いな……魅惑の唇だ……いつもどんな男にしてやってるんだ」

裏筋を舌先で辿った。

「おう、ゾクゾクする。このままいったらどうする？」

泉沢がそう口にすると同時に、水紀は剛直を口から出した。

「だめ。うんと激しくしたいの。アソコが腫《は》れるほど」

水紀は泉沢の横に躰を持っていった。

「大人のセックスより尻の青いガキのセックスが好みか？　そうとは思えないがな」

「たまには若い頃のようなセックスがしたいの」

「相手はテクニックに長けた年寄りか。きみの相手はそんな感じだろうな」

「そう、うんと年上。でも、この頃、獣みたいなセックスがしたくてたまらないの。食事をしたあのお店で、あなたのいやらしい指を見ていたら、そんなふうにしてくれそうだと思ったの」

水紀は挑むような口調で言った。泉沢の反応がどちらか不安もあったが、媚びようとは思わなかった。

「それは光栄だ。颯爽と歩いてるきみの後ろ姿を見ていたら、上品でいながら猥褻な腰つきだと思った。ムスコが、その尻にかぶりつきたいから駄目元で声を掛けてみろと盛んに命令するんだ。だから、いいチャンスだと思って、あの店の前で声を掛けたってわけだ」

「ぐっ」

水紀の上に躰を載せた泉沢が唇を塞いだ。すぐに、今までより激しい口づけになり、舌を絡ませ、唾液を奪い合った。

熱く湿った息が鼻からこぼれ、ふたりの顔を濡らした。舌を絡ませて唇を合わせているだけで、獣になったような気がした。

泉沢の手が乳房をまさぐった。そして、乳首だけをいじりはじめた。すぐに肉のマメへと疼きが走っていった。

「うぐ……ぐ」

唇を押しつけたまま、乳首の快感を紛らすように、水紀はいっそう激しく舌を動かした。髪の生え際まで疼いている。女壺も太いものを欲しがっている。

水紀は泉沢の下腹部へと手を伸ばした。そして、硬く漲《みなぎ》っている屹立をつかんでいじりまわした。

泉沢の指が、乳首から肉マンジュウへと下りてきた。ワレメの中に入り込み、花びらや、そのあわいを確かめるように動きまわった。

「大洪水だ。この濡れ方は若い証拠だ。歳より十歳は若い」

顔を上げた泉沢が、蜜にまぶされた指を水紀の顔の前に差し出した。

「いくつか知らないくせに」

「二十歳はとうに過ぎてるようだな」

泉沢が濡れた指先を口に入れた。

「おっきいのを、早く下のオクチに入れて」

「ムスコも、いい加減に入れてくれと言ってる」

肉茎を握った泉沢が少し腰を浮かせ、水紀のぬめった秘口に亀頭を押し当てると、ゆっくりと剛直を沈めていった。

「あう……凄《すご》く……いい」

肉のヒダを押し広げていく感触の、何という心地よさだろう。それだけで躰の末端へと漣《さざなみ》のような快感が広がっていく。

「ここの相性は最高のようだ。じっとしているだけでも気持ちがいい」

屹立が女壺の奥まで沈み、寸分の隙間もないほど合わさった。

「ええ……じっとしていても……いい気持ち……泣きたくなるほどいい……でも、激しくして。うんと淫らになりたいの」

「後二年で五十だ。二十歳の若造のようにはいかないからな。歳より元気な方だが」

「あなたが疲れたら私が上になって動くの。私が疲れたら、今度はあなたが」

水紀は唇をゆるめた。

「何回も交代する前にいかせないと、寿命が縮まりそうだな」

半身を起こした泉沢の腰が浮き沈みを始めた。グイッグイッと子宮の奥に向かって突き上げてくる。確実に女壺の疼きが広がっていく。

「気に入ったか？」

腰を動かしながら泉沢が軽口を叩いた。

「あう……気に入りそう」

水紀もわざと軽く返した。

「気に入ったじゃなく、気に入りそうか。気に入ってもらわないとな。これきりじゃ、惜しいからな」

今までより勢いをつけて剛直が沈んだ。

「くっ！　本当はとうに……んんっ！　気に入ってるわ……ああっ、いいっ！」

水紀は歓喜の声を上げた。

「それじゃ……望みどおり……何とか……アソコが腫れ上がるまで……こいつを……ご馳走してやらないとな」

泉沢が腰を打ちつけながら、切れ切れに言った。それから、無言で行為に集中した。内臓まで突き破るような勢いだ。

「あう！　んんっ！　凄い！　いい！」

水紀は遠慮なく大きな声を上げた。

シティホテルのように廊下や隣室を気にすることもない。ここは肉欲を貪る者達だけが集まる館だ。

おおらかなようでいて神経質な水紀は久々に理性をかなぐり捨て、大胆になっていた。

こんなふうに睦みたかった。ときには乱れに乱れ、ただの肉の塊になりたかった。元倉という別れられない男がいるというのに、淫らな気持ちが収まらない。

咲き誇っている花が香りを放つように、熟した三十代の躰がメスの香りを放つのだろうか。

穿《うが》たれるたびに汗が噴き出し、シャワーを浴びて間もないというのに、すでにふたりの皮膚は汗でぬめ光っている。

「あうっ！　後ろからもしてっ！」

「犬のようにか」

胸を喘がせながら泉沢が訊いた。

「そう。いやらしく繋《つな》がりたいの」

結合が解けた。

水紀は四つん這《ば》いになって、肩越しに泉沢を振り返った。

「こんなセックスは久しぶりだ。二十歳に戻ったような気がする。想像以上にいい女だ」

水紀はグイと尻を突き出し、泉沢を誘った。肉マンジュウの中でぬら光る女の器官は、どれほど淫らな姿を見せているだろう。

両手をシーツに突いたまま、水紀は壁に埋め込まれた鏡をちらりと見やった。

泉沢が腰をつかみ、背後から肉杭を突き立てた。

「あう！」

顔を戻した水紀は、獣になっている自分を感じた。眠っていた細胞が、泉沢と獣のまぐわいをすることで覚醒《かくせい》していく。

「後ろからも……抜群だ……しかし……顔が見えないのは……惜しい」

突きながら泉沢が言った。

「汗みどろになって……あう……いろんな体位で……くっ……するの」

水紀は揺れていた。

「ホルモンの働きがよくなって……肌がつるつるになるぞ」

泉沢が腰の動きを止めずに言った。

「ときどき……したい……こんなに……くっ……激しく」

「せいぜい腰を鍛《きた》えておかないとな……もう少ししたら交代しろよ」

「お馬さんになれば……んんっ……いいのね」

騎乗位になったら、ゆっくりと泉沢の表情を観察したい。憎いほど好みの男だ。

「ココが擦《す》り切れたらどうする？」

「うんとナメナメして治して」

淫らなメス獣になることで心も躰も解放され、新たな力が漲っていくような気がした。

死んで欲しいの

安達　瑶

著者・安達《あだち》 瑶《よう》

元映画助監督・脚本家の安達O（男）と活字中毒の安達B（女）の合作作家。「SFからSMまで」をモットーに意欲的に執筆。本作品は祥伝社文庫のベストセラーシリーズ『悪漢刑事』のサイドストーリーに当たる。最新刊は『正義死すべし』。

「共謀だなんて、とんでもない！……あたしは何もやってません！　夫が大怪我した件については何も知りません！　山田《やまだ》さんだって夫の後輩というだけで、私の愛人なんかじゃありません。一切《いっさい》、関係ないんですから」

鳴海《なるみ》署の取調室で、女はヒステリックな声を張り上げた。

女は、辻真梨子《つじまりこ》。真梨子は愛人の山田悟志《さとし》と共謀して夫である辻清彦《きよひこ》の殺害を企《くわだ》て、実行犯の山田が清彦の頭部を殴打《おうだ》、意識不明の重傷を負わせた、との容疑で逮捕された。取り調べに当たっているのは鳴海署の自称エース、別名悪漢刑事《わるデカ》の佐脇耕造《さわきこうぞう》だ。

真梨子は、ミニから伸びる脚《あし》の線が綺麗《きれい》な、三十代にしては若づくりの女で、高校生の娘がいるとは思えない。濃い化粧と喫煙のせいか肌は荒れているが、その肉体が、見た目よりかなり若いことを、実は佐脇は知っている。

「山田さんは夫の中学の後輩で、よく遊びに来るんです。そんな彼にあたしが夫の愚痴《ぐち》を言ってたからって、それが疑われる理由なんですか？　亭主の悪口を言う女房が日本中に何万人、何百万人いると思ってるんですか？　刑事さんだって……」

そこで真梨子は佐脇を上目遣《うわめづか》いに睨《にら》みつけ、ヒステリックに言った。

「……あたしが吐き出した亭主の愚痴を、さんざん聞いてくれたでしょっ！」

佐脇と真梨子は二週間前、二条《にじょう》町のバーで隣り合わせた。待ち合わせの相手にすっぽかされたらしく、自棄《やけ》酒を飲んでいる真梨子をなだめるうちについつい話し込み、流れでホテルに入ってしまったのだ。

その日、非番だった佐脇はまだ明るいうちから行きつけのバーに腰を据えていたのだが、近くの席でものすごいピッチで飲んでいたのが、真梨子だった。

「まったく……人をバカにするなって言うのよ。ローンが払えなくて来月にも住むところがなくなるかもしれないっていうのに、車は売らない、娘も私立を辞《や》めさせない……口癖《くちぐせ》は『大丈夫大丈夫』って……お金がどこからか湧いてくるとでも思ってるのかしら。ねえ、男ってどうして夢ばっかり見てるの？　どうせあなたもそうなんでしょう？　こんなスカしたバーを田舎《いなか》町でやってるってことは？」

馴染《なじ》みのマスターが絡《から》まれて困っているので、佐脇は助け船を出した。

「ここはマスターが地道に働いて手に入れた店だ。内装が凝《こ》ってるのは前の持ち主が成金趣味で、その店をマスターが居抜きで買ったんだ。ローンだって二年前に完済してる。つまりは無借金経営で綺麗なもんだ。男がみんな夢見るバカってわけじゃないぜ」

で、あんたはどうなんだ？　と佐脇は彼女に水を向けた。

「ローンを払うために働く気はないのか？　今日は休日でもないし、まだ日も高いぜ」

そうは言うけど、と女は力なく答えた。

「あたしがパートに出てどうにかなるような金額じゃないの。夫は会社を辞めちゃって収入はゼロ。誰かの口車《くちぐるま》に乗せられてネズミ講みたいなことをやってるけど、収入になるどころか持ち出しばかり。そのうち子会員が増えてプラチナだかダイヤモンドメンバーになれば、濡《ぬ》れ手で粟《あわ》でお金が入ってくるんだと、夢みたいなことを言うばっかりで……」

聞けば家のローンが毎月四十万、それも三ヶ月滞納していて、来月には競売《けいばい》にかけると迫られているらしい。

「分不相応なローンだってことは判《わか》ってるけど、夫は見栄《みえ》っ張りなの。それに、会社にいたころは結構なお給料を取っていたし」

娘も県内で一番の私立に入れ、乗っている車はメルセデス。ほとんど乗らないのにハーレーの大型バイクまで持っているという。

彼女の夫は、このT県に支社を置く、全国的な一流企業に勤めていた。東京に戻れば取締役への就任が確実と言われる支社長に、気に入られてもいたのだが、何かと引き立ててくれていたその支社長が、セクハラで左遷《させん》されてしまった。途端に社内の風当たりが厳《きび》しくなり、そこに知り合いから甘い誘いを受けたことで、あっさり会社を辞めてしまったのだ、と。

「生活費だって一家三人、月二十万はかかる。それなのに夫は外車もバイクも何ひとつ手放さない。収入の見込める仕事を探す気もない。娘が学校を辞めると言ったけど、その必要はないって言うの。滞納している授業料なんか、そのうち余裕で払えるからって」

しかし、『そのうち』って何時《いつ》のことなのと問い詰めれば、「何とかなる」と言って不機嫌に黙り込む。たまりかねた真梨子が食ってかかると、「頭のおかしな女とは話が出来ない」と捨て台詞を吐いて出て行ってしまう。

「どう？　これでもあたしが穀潰《ごくつぶ》しのアル中だと思う？　あなただったらどうする？　何もかも忘れるために、昼間からだって飲んだくれたくなるんじゃない？」

佐脇は女に訊《き》いた。

「家のローンはどこから借りてる？　鳴海信用金庫か？　それともうずしお銀行か？」

信用金庫のほうだと女が答えたので、佐脇はニンマリした。

「鳴海信用金庫の融資課長が藪田《やぶた》って言うんだが、ちょっと貸しがある。何回か返済をジャンプしてもらうか、月々の返済額を減らしてもらう線で話をしてみようか？」

以前、藪田融資課長がナイトクラブで手を出したホステスが地元暴力団・鳴龍《めいりゅう》会の準構成員の情婦で、まんまとカモにされて恐喝された時、佐脇は鳴龍会に話をつけて解決してやったことがある。その時の「貸し」を回収するにはちょうどいいかもしれない。

その場で融資課長に電話して事情を話した佐脇に、真梨子はカラダでお礼がしたいと申し出た。

「話を通しただけだぜ。まだどうなるか判らないのに、いいのか？」

「話を聞いてくれただけで嬉《うれ》しいの」

潤《うる》んだ瞳でそう言われると、据《す》え膳《ぜん》は絶対に食う佐脇としては、辞退する理由がない。

それではとバーを出て、女とホテルに向かった佐脇だが、どうも誰かの視線を感じる。

この女の亭主が尾行しているのか？

ホテルの前まで来て振り返ると、案の定《じょう》、さっと塀《へい》の陰《かげ》に隠れる人影が見えた。

「ちょっとここで待っててくれ」

酔っぱらった真梨子をそのままに、引き返して角を曲がると……そこにいたのは真梨子の亭主などではなく、意外にも高校の制服を着た少女だった。

夜目《よめ》にも白いスカーフに記憶がある。それは県内でも有数のお嬢様学校、聖バルテルミー女学院の制服だった。制服マニアでもない佐脇でさえ知っている、県内で一番学費の高い、お嬢様学校だ。

「君、おれたちに何か用があるのかな？」

佐脇に話しかけられて少女は一瞬ぎくりとしたが、逃げるかと思いきや居直《いなお》ったような視線で見返してきた。

「別に。大人同士なんだから、何でも好きにすればいいんじゃないですか？」

整った顔立ちの美少女だ。だがその声に聞き覚えが……いや、今さっきまでさんざん愚痴を聞かされていた、ちょっと低めの澄んだ声……。

真梨子と同じ声だ。よく見ると、アーモンド型の切れ長な目もそっくりだ。もしかして、この少女は真梨子の娘なのか？

その時、その美少女の声のピッチを少し下げ、やや濁らせたような声が路地に響いた。

「ねえちょっと。こんなところでいつまでも立っていたくないんだけど？」

真梨子は酔っていて、少女の存在には気づいていない。

その声を聞いた途端、美少女は走って逃げた。カモシカのような脚が夜目にも白い。

こりゃ娘に見つかっちまったか。

とはいえ、この程度で萎《な》える佐脇ではない。むしろ背徳の刺激でズボンの中が硬くなった。

ああスマンすまんと、佐脇は真梨子の肩を抱いてホテルに入った。

髪に水気がなく顔の皮膚には荒れが目立つ真梨子だったが、服を脱がせてみるとスレンダーなわりにはバストのボリュームもあった。

すぐさまベッドに押し倒そうとする佐脇を、真梨子はやんわりといなした。

「危ない橋渡ってるんだから、どうせなら、もっと楽しみましょうよ」

真梨子は全裸で佐脇に抱きついてジャケットを脱がせると、そのままダンスを始めた。

「やめろ。おれは踊りは苦手だ」

「そんなこと言わないの」

真梨子は楽しそうにハミングしながら巨乳を密着させ、腰を揺らして踊り始めた。

興奮して硬くなった乳首が、シャツ越しに佐脇を刺激する。

ポールダンスのように足を佐脇に絡め、股間を押しつけてくる。濃いめの秘毛も、ズボン越しに彼の足をさわさわと擦《こす》りあげる。

酔っていっそう淫《みだ》らな気分が盛り上がっているのだろう、腰のくねりやポーズが淫靡《いんび》この上ない。腰のくびれが佐脇を誘って艶《なま》めかしく、肩を揺すると豊かな乳房がぷるぷると揺れて彼を撫で上げる。

それを佐脇が摑《つか》んで揉《も》みしだくと、「ね、しよう?」と真梨子は耳元で囁《ささや》いた。

「すぐにか?　あんた、ノリがいいからオナニーショーでも見せてくれるのかと思ったが」

「熟女は鑑賞するより、味わう方がいいんじゃないの？」

たしかに、くびれたウェスト、たわわにゆさゆさと揺れる熟した乳房、悩ましい濃い翳《かげ》り……熟し切ったこの女体は、じっくり味わう方が美味なのは間違いない。

脇腹をさっと撫《な》でてやるだけで、熟し切ったバストをひくひくと揺らせて反応する。真梨子は入れて欲しくてたまらないのだろう。

女陰に手を伸ばすと、そこはすでに洪水のようにぐっしょりと淫液が湧き返って、咽《む》せるような香りを放っている。

佐脇の指がずぶりと入り、熟女の牝穴《めすあな》を抉《えぐ》った瞬間、真梨子は「ああっ」と悲鳴をあげた。深く挿《さ》し入れた指先がGスポットに命中したらしく、中をぐいぐいと掻《か》き乱すうちに、声がますます大きくなる。「ひいいいっ！」と絶叫した、と思ったら、真梨子はびくびくと全身を痙攣《けいれん》させ、気を遣《や》ってしまった。

「指だけでイッちゃった……もう、ずいぶんしてないから……」

ねっとりと淫らな目で佐脇を見つめた。

「まあ、これはほんの序の口だ。何回も何回も、腰が抜けるほどイカせてやるよ」

佐脇は彼女をベッドに横たえると、熟した豊乳を舐め回し、乳首をちゅぱっと強く吸いながら全身に指を這《は》わせ、脇腹から下腹部を愛《め》でるように撫で回し、女の躰《からだ》だけが持つ優美な曲線をたっぷり味わった。

「あ、あああん……あああ」

真梨子の大きなヨガリ声は衰えることを知らず、女体のボルテージは上昇するばかりだ。

彼の指が翳りを掻き分け、ぷっくりと硬く膨《ふく》らんだ肉芽《にくめ》に達して、コロコロと自在に転《ころ》がした。

「はあぁっ！」

先に女芯のV感覚でアクメに達していた真梨子は、今度は敏感なC感覚で昇りつめようとしていた。

指だけではない。手早く自分も服を脱ぎ捨てた佐脇は、彼女の恥裂に舌を這わせ、ちゅばちゅばと音を立てて吸いはじめた。

指でさんざん弄《いじ》られた花弁からは、蜜がこんこんと湧き出して内腿《うちもも》を濡らしている。

佐脇は指で真梨子の下の唇を押し広げ、ひくつく粘膜と、ふくらんだクリトリスに舌を這わせた。

「ひぃっ。あ、ああああっ！」

舌先で秘芽を擦りあげ、舌全体で果肉を存分に舐めあげる。

「あ。あう。あああ。ン……」

女の顔は陶酔して、蕩《とろ》けそうになっている。

「もう、入れてよ……焦《じ》らさないで」

佐脇は、硬く逞《たくま》しい肉棒を彼女の秘腔《ひこう》にあてがった。

「は。はああああん……」

充分に濡れた女芯にモノはずるりと根元まで収まり、彼が腰を使いはじめると、真梨子は全身を震わせ、フルパワーで絶叫した。

普通に話す声は低めなのに、いいわいいわ、とヨガる声は別人のようにかん高い。この声で生活や金銭の不満をまくし立てられれば、亭主が逃げ出したくなるのももっともかもしれない。

パワーを漲《みなぎ》らせた佐脇は、両手で彼女の腰を抱《かか》え込むと、激しい抽送《ちゆうそう》をぐいぐいと開始した。単純なピストンではなく、時に浅く弱く、時に強烈に奥の奥まで、という先の読めない展開で緩急《かんきゆう》自在に熟女を翻弄《ほんろう》し、突如《とつじよ》グラインドを混ぜたりもする。

「うッ、こ、こんなの初めて……ああッ」

「そうだ。そこだ。もっと感じろ！」

彼は腰を回し、真梨子の淫襞のすべてを、ぐりぐりとトレースしていくような、巧《たく》みなグラインドを続けた。

「おお、いくぞっ、イってしまう！」

「あ、あたしも、もうダメ……」

二人はほぼ同時に絶頂に達し、がくがくと激しく全身を痙攣させた。

力が抜けた二人は、ベッドにぐったりと倒れ込んだ。

「ずいぶん久しぶりだわ。旦那が会社を辞めてから、こういうこともなくなっていたから」

満足しきった真梨子は別人のように穏《おだ》やかな顔になっていた。

*

私はバスを降りた。担任との面談を終えて、それから国道沿《ぞ》いにできた新古書店に寄り、家から持ち出した少女マンガ十冊を売った後なのに、それでもあたりはまだ明るい。部活のテニスをやめたから、帰宅は早いのだ。

高校二年で対外試合はまだ残っているし、自分で言うのも何だけど私は結構強い選手だった。ダブルスを組んだ優子《ゆうこ》も必死で私を引き留《と》めた。けど、やめた。理由は簡単。うちにお金がないから。部費も、合宿の費用も、遠征の交通費も払えない。だいたい家のローンも滞納していて、生活費だって親戚には借り尽くして、消費者金融のＡＴＭをママが何か所も回ってどうにかしているのを知っている。テニスなんか続けていられるわけがない。

今日処分したマンガは、古いものだけどシリーズ全巻揃《そろ》っていたので千五百円で売れた。これで来週分のお昼ご飯代になる。もともとはママの本だけど、何回も読んで、もう頭に全部入っているからいいのだ。どうせもっと狭《せま》い家に引っ越すことになるだろうし。

ハワイへの修学旅行を辞退したいと、私の独断で担任に伝えたのは一昨日《おととい》のことだ。今日、担任が困った顔で教えてくれた。

「あのな、辻。済まないが、修学旅行に行かなくても、積み立てをすぐに返せないんだ。学校の規定で、卒業後しかるべき手続きをした後で、保護者の口座に振り込まれるんだ」

「だって私の家、今おカネがないんですよ！」

悔《くや》しかった。私だって、入学した時からハワイへの修学旅行を、どれだけ楽しみにしていたことか。でもそれを諦《あきら》めたのに、何の見返りもないだなんて！

一年も経《た》って返してもらっても、意味がない。たぶんそれまで私の家は保《も》たない。毎晩のように繰り返される夫婦喧嘩《げんか》の激しさからして、いずれママがパパを殺すか、なにか大んで読ん大人のくせに、どうして普通に仲良くできないんだろう？　私は毎日空気を読んで読んで読みまくって、学校でも家でも必死に、波風立てないように生きてきたというのに。

とにかく家で何かあれば私は犯罪者の娘だ。そうなる前になんとかしたい。修学旅行を
辞退したのは、少しでも返してもらったお金をパパとママに差し出して、私だって本当に
真剣に考えて心配しているんだ、ということを二人に見せたかったのだ。

でも、それさえも無理なのだ。

私は逆上した口調で担任に告げた。

「それなら今すぐ退学します。退学したら、お金、返してもらえますよね。授業料も今年の分は、全部じゃなくても返してもらえますよね？」

担任はますます困った顔になった。

「待て。落ち着いてくれ。辻。お前の家にもいろいろと事情はあるだろうが、早まるな。授業料が払えないのなら奨学金や教育ローンという手もある。だいたい今中退したら、大学はどうするんだ？」

悪い冗談としか思えなかった。明日にも住む家がなくなるかもしれないのに。お昼ご飯代さえない日があるというのに。

パパは家にお金を入れず、ママはヒステリーを起こすばっかりで、お酒に逃げている。御殿のような家はしょっちゅう電気やガスが止められる。固定電話はとっくに止められた。

ママが掃除もしなくなった家の中には埃《ほこり》が目立ち、マルチ商売でパパが自腹で買い取った鍋や、環境にやさしい洗剤や、怪しい健康食品の段ボールが家中に山積みだ。それを見るたびに私はいらいらして蹴《け》飛ばしたくなる。

携帯だけはパパがマルチの『仕事』で使っているから、家族割引で一家三人分、かろうじて止められていない。

こんな状況で、どうやって大学に進学しろというのだろう。

「それに……残念だが、辻。お前の授業料はこの春から滞納されている。今、学校を辞めても、お前に返せるお金はないんだ」

ショックだった。初めて聞く話だった。学校は直接、ママに話をしていたのだろう。担任は、打ちのめされた私の様子に狼狽《うろた》えたのか、必死にフォローしはじめた。

「いや、この学校は温情主義だから、今すぐにどうということはない。だから二年が終わるまでに、一緒に何とか方法を考えよう。先生もいろいろ調べるから、な?」

「もう、いいです!」

私は担任と面談していた教室を飛び出した。

来年の分どころか、すでに滞納している今年度分の授業料だって、絶対に払えない。どの道、高校中退になるしかないのだ。

パパもママもバカだ。見栄っ張りだから、あのバカ高い家を諦《あきら》めることが出来なくて、ローンをずるずると滞納している。

いずれ住めなくなる家。どうせ卒業できない高校。どちらも同じだ。お金と時間をドブに捨てているようなものだ。

そんなものにしがみつかないで、せめて私を安心させてくれればいいのに。小さな家でいいし、高校も公立でいい。仲良くとは言わないけれど普通の家の両親みたいに、「普通に」していてくれればそれで十分なのだ。

でも、それすらも出来ないなんて、どういうこと？　顔を合わせれば近所中がドン引きするような罵《のの》り合いに大喧嘩《げんか》って何なの？

大人のくせに。偉《えら》そうにしてるくせに。

心底、情けなかった。私は心から願った。

パパもママも死んじゃえばいいのに。いや、死んでください。今すぐに。

どうせ卒業出来ない高校なら、今すぐ辞めて仕事を見つけるべきではないか。でも私に何が出来るだろう……。

「ねえ、陽美《あきみ》。待って」

目を据えて廊下を走る私を引き留《と》めたのは、部活でダブルスを組んでいた優子だった。

「修学旅行、行かないってホント?」

私が黙っていると、彼女は言いにくそうに続けた。

「そんなこと言わないで、一緒に行こうよ。たった十五万円のことじゃない」

『たった』十五万円……。

私が黙りこくっていると、優子は思い切ったように言った。

「あのね、お父様とお母様に相談したの。そうしたら、陽美の修学旅行代くらい、出してあげるって。返済はいつでもいいからって。だから、ね。一緒に思い出つくろうよ」

私は返事もせずに走り出した。逃げないと、ひどいことを言ってしまいそうだったのだ。何の悪気もない、親友だった優子に。

帰宅するとパパがいた。こんな時間に家にいるということは、仕事がうまく行っていないのだろう。だがさして深刻な様子でもなく、夕方からまた出かけるつもりなのか、ネクタイを何本も並べては胸に当て、鏡に自分の姿を映している。

「おお、お帰りアッキー、学校はどう? ちゃんとやってるかい?」

その底抜けに明るくて、いかにも理解のある「良いパパ」ぶった声を聞くだけで、今の私は殺してやりたいほど腹が立った。ママのヒステリーも嫌だけど、パパの能天気ぶりはそれ以上にカンに障《さわ》る。

　自分だけは「いい人」だと思っている。何も悪いことをしていないと思っている、その無神経さがまわりを激しく傷つけるのだ。パパが何も考えていないものだから、ママや、そして私までが、パパの分まで心配して、あれこれ考えなければならなくなるのだ。

「学校、辞めることにしたから。修学旅行も行かないから」

　わざと冷たく言い放ったが、能天気なこの人には全然、理解出来ていないようだ。

「どうした。学校で嫌なことでもあったのか？　ああ、お金のことを心配してくれてるんだ。アッキーはほんとうに優しい子だね。大丈夫。アッキーの修学旅行代ぐらい、パパがなんとかするから、心配することないんだよ」

　なんとかするから。この台詞を何回聞いたことか。それで「なんとか」なった例《ためし》は今までに一度もなく、なんとかしてきたのは、いつも周《まわ》りの人たちだった。

　私は目の前が真っ赤になるほど腹が立った。

「だからあたしのこと、アッキーって呼ばないでって言ってるでしょ！　その呼び方、大っ嫌い！」

そう怒鳴って通学鞄をリビングにぶん投げ、気がついたらそのまま家の外に走り出ていた。持ち物は携帯とお財布だけだ。

ああ嫌だ嫌だ。これって、すぐキレるママに似てきたってこと？　ああは絶対になりたくないと思っていたのに。でもパパの能天気ぶりに接していれば、どんなに優しい、それこそマザーテレサみたいな女の人だって、大魔神《だいまじん》化するのは時間の問題だろう。

何もかもが嫌だった。こんな家も、家族も、もう、つくづくうんざりだ。跡形《あとかた》もなくぶち壊《こわ》してしまえたら、どんなにせいせいするだろう。

私は携帯をチェックした。実は密《ひそ》かに、ママの携帯に届くメールを、自分の携帯に転送するように設定している。パパとの仲が悪くなるのに比例して、ママが家を空《あ》けて飲み歩くようになった。外で男の人とも知り合っているらしくて、それが心配だったからだ。

そして……ママが男と待ち合わせたバーに行ってみたら、ガラの悪い男とホテルに入るところをバッチリ目撃してしまったのだ。

＊

佐脇は、自分の携帯に妙なメールが着信するようになったのをいぶかしく思っていた。

見知らぬアドレスから届くメールには、顔は写っていないが、体型からして、まだ未成年らしい少女がきわどいポーズを取っている画像が添付されている。ミニスカートから伸びる綺麗な脚の線を上から撮《と》ったもの。ふくらみきっていない胸を自分で持ち上げ、セルフで撮影したらしいもの。児童ポルノと言われれば、明らかにその範疇《はんちゆう》に入るものだ。

これは誰かがおれを嵌《は》めようとしているのか？　御禁制の児童ポルノ画像を所持しているぞ、と告発されたりするのか？

保身には神経を使う佐脇は、自分を恨《うら》んでいそうな相手を数えようとしたが、対象者が多すぎて見当がつかない。

こんな画像は早く消してしまうべきだと思いつつ、これには何かあるぞという気もした。

鳴海信用金庫の藪田融資課長との話し合いはうまく行った。もはや亭主は一切アテにせず、真梨子がフルタイムの仕事につけば、どうにか返せそうな額にまで、月々のローンの支払いを減額させる見通しが立ったのだ。

真梨子からは、『ありがとう。これで娘の学費さえなんとかなれば』というお礼メールが佐脇に届いた。

『娘の学費さえなんとかなれば』というママのメールを読んで、私は呟《つぶや》いた。

「大丈夫だよママ。私、学校辞めるんだから」

これで、最低限、生活はなんとかなるはずだった。ウチは救われたはずだった。

なのに。パパが勝手に何の相談もなく、ローンの借り換《か》えを決めてきてしまった。

「やっと信用金庫と話がついたのに、どうするつもりなのよ！　勝手なことばかりして、全部、ぶち壊しじゃないのヨッ！」

ママは完全にキレた。

「心配するな。事業資金がたまたま今月だけ足りなくて、借り換えでこの家を担保《たんぽ》に差し入れるのを条件に、ほんの少し融資を受けるだけだから。大丈夫。なんとかなるから」

目の前が真っ暗になった。ようやく安心出来ると思ったのもつかの間で、破局がさらに近づいていた。いや近づけているのは、あの男だ。いい歳《とし》をして判断力も危機感も、何もない馬鹿者は、この世から消えてなくなるべきなんじゃないだろうか。でも、私には何も出来ないのが悔しい。

＊

そんな大揉めに揉めている時にやってきたのが、パパの中学校の後輩の山田さんだった。

山田さんは内装業をやっている。パパは昔はいじめっ子で、この人を徹底的にいじめていたらしい。そのせいか、山田さんは地味で無口で暗い。背は小さいのに猫背だから余計に貧相に見える。無駄に筋肉質で丸刈りなのが気味悪い。だから私は好きじゃない。どうしてこんなダメ男のパパと手を切らないのかと不思議なほど、山田さんは中学時代の力関係を未《いま》だに引きずっている。そして今も、山田さんは腹が立つほどパパの言いなりになっている。この家の内装も、ほとんどただ同然でやらせたらしいし、パパにはずいぶんお金も貸しているようなのだ。

「じゃあ俺は仕事があるから」

とパパは出て行った。早い話が、ママのヒステリーから逃げたのだ。

何の用件で来たものか、パパが出かけたのに、山田さんは残った。

それをいいことに、ママは堰を切ったようにパパの悪口をぶちまけた。いつものことだ。

他人に喋るには恥ずかしすぎる内輪のことまでママがぶち撒《ま》けて平気なのは、山田さんのことを友達だとはまったく思っていなくて、逆にすごく軽く見ているからだ。

そんなママの言うことを黙って聞いている山田さんにも腹が立った。というか、山田さんはどうしてウチと縁を切らないのだろう？

「でも真梨子さん、これでいいんですか？」

いつも黙って話を聞いているだけの山田さんが突然口を開いたので、ママも、そして立ち聞きしている私も驚いた。

「社長（パパのことだ）がローンを借り換えたとすると、団体信用生命保険も外《はず》れるから、社長にもしものことがあってもローンを返せなくなりますよ」

「もしものことなんかなくたって、どうせもう、完済なんか出来ないわよ！」

ママはヒステリックに答えた。

そっと部屋の中を覗《のぞ》き込むと、山田さんの目付きが怪《あや》しかった。その視線の先には、ママの部屋着のゆるんだ胸元や、割れた裾《すそ》から覗く、すんなりとした白い脚があったからだ。

ヒトヅマのカラダを、暗いねっとりした欲情した目つきで、盗み見るってやつだ。

山田さんはママに気がある。ママが頼めば何だってするだろう。

私は軽い驚きとともに、今、初めて、そのことに気がついた。

アル中の、ただのヒステリーおばさんだと思っていたママだけど、女として、意外にもそれなりにイイ線いっているのだ。

ママも、山田さんやパパと同じ中学校で、ママの口を借りれば「全校の憧れのマドンナ」だったというギャグのような表現も、真っ赤なウソではなかったということなのだろう。

でもママは山田さんの気持ちに全然、気づいていない。というより、とんでもない自己中なママのことだから、そもそも山田さんを「男」として認識していない。

ママにとって「男」と言えるのは、きっと、大好きな韓流ドラマに出てくるイケメン俳優か、あるいはこの前一緒にホテルに入った、ガラは悪いけどセックスが強そうなタイプだけなのかもしれない。

＊

佐脇の携帯には、なおも少女のきわどい画像が送りつけられていた。

悪戯《いたずら》ならばこのへんで叱《しか》ってやらねば。

佐脇は「そんなことをしていると補導するぞ」と返信した。すると、「マジで？　おじさん、刑事なの？」というこれまた挑発的な返事が来たので、この正体不明の相手を呼び出すことにした。来なければ来ないでいい。その場合は以後、完全無視するだけだ。

相手は未成年女子かもしれず、誤解を避けるために、ファストフードの店で会うことにした。さらに保険をかけて、生活安全課の女性警官・篠井由美子《しのいゆみこ》にも同席を頼んだ。

その日の夕方、約束通りに、相手は現れた。画像に写っていた通り、華奢《きやしや》な躰をした少女だったが、顔を見て合点《がてん》がいった。彼女は、あの時、ホテルの前から逃げ去った、真梨子の娘だったのだ。

「単刀直入に訊くけど、こういう画像はおれの気を引くためだったのか？」

「そうです。ママとホテルに行く人なら、こういう画像は無視しないだろうと思って」

篠井由美子は聞こえないフリをしている。

辻陽美は、佐脇が刑事だと知っても驚かなかった。それどころか質問をしてきた。

「たとえば、結婚している女の人を好きになった男の人が、その女の人の夫を殺しちゃったとしたら、奥さんのほうは罪になりますか？」

「なんだそれは？」

「高校の倫理の授業のレポートです。教えてくださいよ。刑事さんなら判るでしょ」

「そいつは場合による。横恋慕《れんぼ》した男が勝手にやったのなら女は無罪。だが亭主を殺せと頼んだのなら、それは立派な殺人教唆《きようさ》だ」

答えながら、佐脇は戸惑《とまど》った。陽美がこんな質問をする真意が、まるで理解出来ない。もしかして、自分のダメ父親を殺してくれとおれに頼んでいるのだろうか？　おれを刑事と知ったうえで？

「そうですか。ありがとうございました」

陽美はそう言って席を立った。

「おいおい、それだけか？　なんというか、おれに言いたいことがあるんじゃないのか？」

佐脇にしても、この少女を前にして多少は疚《やま》しいと感じている。それに全く触れないのはこの年頃の少女特有の潔癖《けっぺき》さというやつか？

だが陽美はそのまま出て行ってしまった。

どういうもんかね、と佐脇と篠井は顔を見合わせた。

その二日後、事件は起きた。

真梨子の夫で陽美の父・清彦が頭を殴《なぐ》られて重傷を負ったのだ。

現場は二条町のホテル街近くの人気《ひとけ》のない駐車場で、清彦は意識不明の重体だが、設置されていた監視カメラに犯行の一部始終が映っていたため、犯人はあっさり割れた。

清彦の後輩である山田悟志が浮かび、事情聴取をしたところ犯行を自供した。だが山田は自分には元々殺意はなく、これは辻真梨子に頼まれたからやったのだと言い張った。

真梨子にも任意同行がかけられて佐脇が取り調べることになった。容疑は殺人教唆だ。

「あんたの旦那がローンを借り換えて、生命保険の降りないタイプにしようとしていたことは調べがついてる。このままじゃ家を取られちまう。その前に亭主を殺してローンを完済しようとたくらんだんじゃないのか？」

「いいえ！　とんでもない。あんな男を殺して罪人になるなんて、まるで割が合わないじゃないですか！　山田さんには愚痴のメールは一杯出したけど、殺してくれなんてメールは出してませんよ！」

真梨子は色をなして否認した。その態度に嘘《うそ》は感じられず、佐脇自身も、この筋書きには腑《ふ》に落ちないものがあった。

いくら調べても、真梨子と山田悟志の愛人関係を裏付ける証拠が出てこないのだ。

「真梨子への同情だけで亭主を殺しますかね？」

部下の水野《みずの》も首を捻《ひね》った。山田には、この殺人に対する見返りが全くないのだ。

「真梨子さんが苦労しているのを見ていられなくて……愚痴はいつも嫌になるほど聞かされていて、メールでも一方的な鬱憤《うつぷん》晴らしのものはよく貰《もら》っていました。あの日までは私が一方的に真梨子さんに片思いしていると思ってたんです。あの日まではね。もちろん男女の関係になったことは、まだ、ありません」

山田はこう供述したが、「あの日」に何があったのか。「まだ」と言うからには、真梨子の夫をめでたく殺したあかつきには、男女の仲になる予定があったということなのか？

「事件のその日に真梨子さんからメールが来て、先輩（被害者）が今夜十時、あの駐車場に車で行くって……。そのあとに、大事なメールが来たんです。『お願い、私を助けて。私をこの生活から救い出して！　私の気持ちはおわかりですね』っていう……」

山田は少し顔を赤らめて佐脇を見た。

「俺の気持ちが真梨子さんに通じていたと判って、胸がもう、すごく熱くなって。これは絶対にやるしかないと思いました。惚《ほ》れた女に助けてくれと頼まれたんだから、絶対にやり遂《と》げなければ男じゃないと」

「だがそんなメールを送った覚えはないと辻真梨子は言っているぞ」

「えっ！」

山田は目を大きく開けて、信じられない、と首を振った。

「そんなはずはありません。刑事さんにだけは言いますが、俺は真梨子さんから写メールももらってますし」

それは、本当に心を許した相手にしか見せないような画像だという。

山田の携帯をもう一度調べてみると、確かに別アドレスから送信された画像があった。ミニスカートから伸びる真っ白な、すんなりと美しい両脚を、自分で上から撮った画像だ。『私のすべてはあなたのもの』というメッセージが添《そ》えられている。

「アドレスは違うけど、これは真梨子さんの脚です。悪いと思いつつ何度も盗み見て目に焼き付いているから、間違う筈《はず》はありません。服だって、真梨子さんがよく着てるスーツです」

だが、決定的な証拠となるはずの、襲撃の日時と場所を指定するメールの送信記録が真梨子の携帯にはなかった。山田も、受信後すぐ消すようにと指定されていたので、問題のメールはすでに消去してしまっていた。

「電話会社のサーバには残ってるはずですけどね。どうせ辻真梨子に横恋慕した山田が、苦し紛《まぎ》れに嘘八百言ってるんですよ」

人生経験に乏《とぼ》しい若い部下の水野はそう言うが、佐脇は同意出来ない。

「そうかな。おれには山田が、そういう姑息《こそく》な嘘をつくやつには見えないんだが。惚れた女の口車に乗せられて殺人未遂、ってなバカをやっちまうことはあってもな」

一方、重傷を負った辻清彦の携帯には、携帯の出会い系サイトにアクセスした形跡がどっさり残されていた。そこで知り合った女たちとのラブメール、交換した画像、待ち合わせの場所と時間を打ち合わせたメールもたくさんあり、その中には犯行の現場となった場所と時刻に待ち合わせを約束した『ニコル』名義のメールが、確かに存在した。

調べた結果、その『ニコル』のアドレスは既《すで》に使われていなかった。そして、『ニコル』が送ってきた画像は女体の一部を撮ったきわどいものだったが、その構図に佐脇は思い当たるところがあった。

「もう一度訊きますよ。あんた、この呼び出しメールは一切知らないと言うんですね？」

佐脇はもう一度真梨子を取り調べた。

「もちろんですとも。あたしはね、だいたいあの人がそんな時間にそんな場所に行くことなんか全然知らなかったんだから。金もないのに他所の女と遊びたいなんて呆《あき》れ果ててますけどね、あの人、見た目だけはいいから」

真梨子はそう吐き捨てた。

「それに、『私の気持ちはおわかりですね』って何、その文面？　いまどきそんなこと書く女っている？　少女マンガじゃあるまいし」

「なんだその少女マンガっていうのは？」

「刑事さんは『ベルばら』はご存じないわよね。フランス革命とマリー・アントワネットの生涯を扱った『ベルサイユのばら』って少女マンガがあるの。『私の気持ちはおわかりですね』っていうのは、有名な『首飾り事件』で王妃の替え玉に仕立てられた娼婦が、大司教に気のある振りを装《よそお》って高価な首飾りをだまし取る、その時に言った台詞ですよ。その娼婦の名前が、ニコル・ド・オリバっていうの。女子《じょし》にとっては常識よ」

替え玉……なりすまし。

「そのベルサイユのなんとかは、あんたの家にあるのか?」

「こないだ娘が売ってしまったみたいだけど。娘も気に入って何度も読んでいたから、もういいんですって」

佐脇は、参考人として陽美を鳴海署に呼び出した。

「正直に言ってくれ。君はお母さんの携帯を勝手に操作して、なりすましメールを山田に送ったね? 母親を装って、父親襲撃の場所と時間を指定したメールだ。その後、そのメールだけを削除した。君のお母さんから愚痴メールを山ほどもらっていた山田は、一通だけが偽《にせ》モノだとは夢にも思わなかった」

陽美は、あっさりと頷いた。

「出会い系の女になりすまして、父親への誘惑メールを送って、犯行現場におびき出したのも、君なんだろ？」

陽美は、反抗的な視線で佐脇を見返した。

「それが何か罪になるんですか？　私はメールを送っただけで、何もしてないですよ」

すべてを仕組んだのが実の娘であると知らされて、真梨子はさすがにショックを受けた。

「そんなに思い詰めていたなんて……私がいけないんですね。愚痴ばっかりで何もしなかったから。大きな家と幸せな主婦の立場を手放すのが、怖《こわ》かったんです、私」

真梨子は、夫・清彦との離婚を決意した。

佐脇は山田にも因果《いんが》を含めた。

「お前が辻清彦に事業の運営資金として五百万ちょっとを貸していたのは事実だ。その返済を求めたら鼻であしらわれ、カッとして清彦を殴った。そういうことでいいな？」

傷害罪と、殺人未遂（それも計画性あり）では罪の重さが大きく違ってくる。

「それに、男なら惚れた女を庇《かば》うもんだろ」

被害者である清彦は、頭を殴られたショックによる逆行性健忘《けんぼう》で、事件前後のことを何も覚えていない。それをいいことに、佐脇は証拠品である清彦の携帯から、出会い系の女

『ニコル』とのやりとりをすべて削除した。

「これで終結だ」

佐脇は再び陽美を呼び出して言い放った。

「何もかも忘れて新しく出発しろ。君には犯罪者の素質がある。それを自分で気づけ。ヤバい才能があることを自覚しろ。でもな、素質は運命じゃないし、運命は変えられる。いつか詐欺《さぎ》罪で逮捕された君をおれが取り調べるなんてことだけは、勘弁してくれ」

それまで佐脇を睨みつけていた陽美の視線が泳ぎ、年相応の、頼りない表情になった。

＊

一歩踏み出せば。それですべてが変わるのに、みんな煮え切らなくてその一歩が踏み出せない。だから私が背中を押してあげたのだけど、結末は予想どおりとも予想外とも言えた。

あの刑事は、何もかも知ったうえで、証拠を消したのだろうか？　それは何のために？

もしかして、私を罪人にしないために？

そうかもしれないと思いつつ、私の口からは、ありがとうという言葉は出なかった。

一家は崩壊したけど、少なくともママにはやる気が戻ってきた。そこがパパと違うところだ。家は競売にかけられ、残ったローンを払わずにパパは失踪した。家の名義はパパだったから、私たちには関係ない。

ママは、刑事さんの紹介で、鳴海信用金庫の契約社員として働くことになった。今は私と一緒に、小さな借家に住んでいる。

高校退学をまぬがれた私は奨学金を取って大学に行こうと頑張っているところだ。なにもかもが私の計画通りになった。でも、気になることがある。「君には犯罪者の素質がある」という、あの刑事の言葉だ。

どうして？　弱い立場の者が生き延びようとして、いろいろなことを考えるのは、当たり前じゃない？　そう思う一方で、心の中で囁《ささや》く声がある。私はあの自己中なママと、嘘つきなパパの娘なんだと。

あの刑事にまた取り調べられるなんて、絶対に願い下げだ。でもまた会ってみたい気もする。私の未来はどっちなんだろう？

悲しき玩具

橘 真児

著者・橘《たちばな》 真児《しんじ》

一九六四年、新潟県生まれ。九六年『ロリータ粘液検査』でデビュー。教員と作家の二足の草鞋を履きながら執筆を続け、〇三年専業に。学園を舞台にした官能ものを中心に発表。最新作は『人妻同級生』(祥伝社文庫)。

1

「ああ、ア……いく――」

あとほんの数秒でアクメを迎えるというところで、それまで体内にあった動きがピタッとやんだ。

「え、なに？」

いいところだったのに快感を中断され、本庄《ほんじよう》奈緒子《なおこ》は眉間《みけん》にシワを刻んだ。不機嫌を隠さずに、女芯に挿《さ》し込まれていたバイブレーターを引き抜く。

「あん……」

ふくらんだ頭部が膣口から外れるとき、悩ましい快美が背すじを走った。

目の前にかざせば、被せたコンドームに白い淫液がべっとりとまつわりつき、得ていた悦びの大きさを物語る。自分でも悩ましさを覚える二十七歳の牝臭が、ツンと鼻奥を刺激した。

ペニスをかたどった挿入部と、クリトリスを刺激するユーモラスなかたちの突起がついた、ごくオーソドックスな性愛玩具だ。本体はピンクで、白い持ち手がついている。スイッチはスライド式のものがふたつあり、一方で挿入部のくねる動きを、もう一方で突起部の振動を調節するようになっていた。

子宮付近にくすぶる欲望を持て余しつつ、奈緒子はスイッチを動かした。けれど、うんともすんとも言わない。

（電池が切れたのかしら？）

いや、さっき使う前に交換したばかりだ。そんなに長時間動かしていないから、電力を使い切ったということはありえない。となると、バイブそのものが壊れたのか。

「そんなぁ……」

奈緒子は情けなく顔を歪《ゆが》め、ため息をついた。絶頂間際まで高まっていた性感も、気を殺《そ》がれたように萎《しぼ》んでしまう。このバイブでなければ本当の快感が得られないとわかっているから、オナニーを続ける気にはなれなかった。

しかしながら、壊れるのも当然かもしれない。これを買ってから、もう一年近くになる。その間、週に三回ぐらいのペースで使い続けてきた。

きちんとコンドームを被せてから挿入し、使用後は綺麗に洗って布袋にしまった。大切に扱ってきたつもりでも、耐用限度を超えていたのかもしれない。

そもそもバイブレーターの寿命がどのぐらいなのか、奈緒子は知らない。何しろ、これが初めて買った大人のオモチャだからだ。

一年前、奈緒子は恋人と別れた。三年以上の付き合いで、二十代も半ばを過ぎていたし、そろそろ結婚かもと期待していた。それが、ほとんど一方的に別離を告げられたのだ。

奈緒子は荒れた。友達を呼んで安い居酒屋で酒をあおり、彼女たちに慰《なぐさ》めてもらったものの、少しも気が晴れなかった。みんなが帰ったあともパブでひとりで飲み続け、ほとんどベロベロ状態であった。

それから何がどうなったのか、酔って記憶を失くしたからさっぱりわからない。翌朝目が覚めたときには酷い二日酔いで、けれどきちんとメイクを落としてベッドに入っていた。普段の習慣が染みついていたのだろう。

そして、バッグの中を見たところ、紙袋に入ったこのバイブレーターがあったのだ。レシートも財布に入っていたから、どうやら酔った勢いで買ったものらしい。

飲んでいた店のあたりにアダルトショップがあったのを思い出し、奈緒子は顔から火を噴きそうになった。そのとき、どんなやりとりがあったのかわからないが、女がひとりでこんなものを買い求めるなんて、店員はどう思っただろうか。いくら酔っていたにせよ、欲求不満まる出しではないか。

とは言え、考えてみればここ三ヶ月ほど、セックスがご無沙汰だった。彼が求めてこなかったのであるが、そんなところにも別離の兆候があったとも言える。奈緒子はまた落ち込みそうになった。

もっとも、いくら恋人と別れたからといって、すぐにそのバイブを使う気にはなれなかった。

オナニーそのものは、火照《ほて》った肉体を鎮《しず》める手段として、たまにすることがあった。別れた恋人との蜜月時代、会うたびにセックスをしていた頃も例外ではない。むしろその頃のほうが、からだが頻繁《ひんぱん》に疼《うず》いていた気がする。

ただ、用いるのは指だけで、オモチャの類いは使用したことがない。やり方もクリトリスを刺激するのが常であり、膣に指を挿れたこともなかった。

だから、奈緒子はパッケージを開けることもせず、そのバイブをクローゼットの奥にしまった。頃合いを見て捨てるつもりでいたのである。

ところが数日後、ポーチの底からコンドームが出てきた。別れた恋人と使ったものの余りだったのだが、それを見つけたとき、あのバイブを試してみようという気になった。どうせそんなにいいものではないだろうし、使えないとわかったほうが、躊躇《ちゅうちょ》なく捨てられると考えたのだ。

奈緒子はクローゼットからバイブを取り出し、初めてパッケージを開けた。付属していた単三電池を入れ、スイッチを入れてみれば、本物の男根とは異なる動きを示す。モーター音とともにクネクネするところなど、かなり滑稽《こっけい》だった。

それでもコンドームを装着し、気分を高めるため全裸になった奈緒子は、ベッドで大股開きになった。マンションの独り住まいだから、どんな恥ずかしい格好も平気だ。

まずはクリトリスを刺激することから始める。細かく振動する突起部分を敏感なところに押し当てれば、指でこするときとは異なる快《こころよ》さがあった。くすぐったさが強く、けれど深いところで感じる気がした。

そして、どうすればもっと気持ちよくなれるのか、刺激するポイントや角度を模索するうちに、膣が知らぬ間に多量の蜜汁をこぼしていた。かつてない濡れように、それだけ自身が高まっていることを奈緒子は悟った。

これで挿入したら、いったいどうなるのだろう。期待と不安に苛《さいな》まれつつ、性愛玩具を体内に迎え入れる。

挿入しての感想は、意外とフィットしているというものであった。恐れたような違和感はなく、むしろ膣にぴったりとはまる。念のため数回往復させたところ、特に痛むところはなく、悩ましさの強い快感があった。

これなら大丈夫かと、奈緒子はスイッチを入れた。本体がくねりだし、最初は戸惑いを覚えたものの、すぐに慣れた。そして、十秒も経たないうちに、経験したことのない歓喜が全身を包み込んだ。

――嘘……なにこれ⁉

奈緒子は身を揺すって喘《あえ》ぎ、すすり泣いた。おそらくあられもない声も発していたのではないか。たちまち襲来したオルガスムスの波に巻かれて失神し、気がついたときにはおしりの下のシーツがぐっしょりと濡れていた。

――すごいわ、こんなの初めて。

かつてない強烈なエクスタシーに、頭の中が朦朧《もうろう》とする。そのまま二回戦に突入し、以来、このバイブを快楽のお供に愛用してきたのである。

それが、とうとう動かなくなった。

すべての命が永遠ではないように、どんなものもいずれ壊れてしまうのは避けられない。頭では理解できても、喪失感《そうしつかん》は著《いちじる》しかった。ひょっとしたら、恋人に別れを告げられたときよりもショックだったかもしれない。

それほどまでに、このバイブは奈緒子の生活に必要不可欠なものであったのだ。

会社でつらいことがあっても、これでオナニーをすればすっきりして、翌朝は笑顔で出社できた。恋人との別れを引きずらずに済んだのも、彼とのセックス以上の悦びを、このバイブが教えてくれたからだ。無生物でも大切なパートナーであり、だからいつまでも使えるよう、丁寧に扱ってきたのである。

ただ、そのときは快感を求めることに夢中になるから、やはり酷使していたのかもしれない。奈緒子は未練がましく電池を出し入れし、スイッチをカチャカチャと操作した。けれど、それは再びあのエロチックな動きを見せることはなかった。

こうなったら、新しいものを買うしかないのだろうか。だが、あのときは酔っていたから買えたのだ。素面《しらふ》ではとても恥ずかしくて、店に入ることすらできない。通販という手もあるが、個人情報が洩れない保証はなく、その類《たぐ》いの案内やダイレクトメールが来るようになっても困る。

それに、これと同等の悦びを与えてくれるバイブが、他にあるとも思えなかった。仮に同じ型番の商品が手に入ったとしても、ここまでしっくりと自分の性器に馴染むことはあるまい。

なぜなら、このバイブは運命的に巡りあった、唯一無二の存在である気がするのだ。

（今までいっぱい気持ちよくしてくれて、本当にありがとう……）

奈緒子は心の中で礼を述べながらコンドームをはずし、いつも以上に丁寧に洗った。別れを惜しむように先端にチュッとキスをしてから、布袋の中にしまう。

愛らしい花柄のそれは、バイブのためにわざわざ手作りしたものであった。一度落としたときにテーブルの角にぶつけ、くびれ部分に小さな傷を作ってしまったのだ。以来、この袋に入れて、大切に保護してきたのに……。

2

いくら思い入れのある大切な品物でも、他人に見せられない性具であることに変わりはない。何かのときに発見されたらまずいわけで、いつまでも手元に置いておくわけにはいかなかった。

捨てるのはやぶさかでない。ただ、問題はどこに捨てるかだ。

普通に不燃ゴミとして出せばいいだろうと、奈緒子は最初に考えた。それを思いとどまったのは、マンションの住人に若い女性が多いせいか、近ごろゴミ置き場を物色する変質者が出ると聞いていたからだ。

もちろん捨ててあるものを見ただけで、誰のものかなんてわかるはずがない。けれど、変質者はゴミ置き場を見張っているのかもしれず、自分がバイブを捨てたとバレる可能性がある。それで、この女は欲求不満なのだと決めつけられ、つけ回されるようになっては大変だ。

気のまわし過ぎかもしれないが、やはり物がモノだけに、慎重にならざるを得なかった。カラスが悪戯《いたずら》してバイブを引っ張り出し、誰が捨てたのかとマンション中で噂になる恐れだってある。やはり身近で処理するのはリスクが大きい。

奈緒子は出勤するとき、バイブをショルダーバッグに入れた。コンビニか駅のゴミ箱にでも捨てようと思ったのだ。

ところが、いざ捨てようとなると、なかなか難しい。後ろめたさがあるせいか、どうしてもひと目が気になる。もしも見咎《とが》められたらと考えると怯《ひる》んでしまい、なかなか実行できなかった。

結局、一日目は捨てることができず、そのまま持ち帰った。これではいけないと、次の日は絶対に捨てる心づもりで出かけたのである。

その日は残業で、帰りがすっかり遅くなった。だが、夜ならひと目につかないし、チャンスかもしれない。

奈緒子は駅を出ると、マンションとは反対側に向かった。そちらに大きな公園があったからだ。

すでに九時を回っており、木々の繁る公園はどことなく無気味である。灯《あかり》も少なく、ひとの姿も見えない。夜になるとアベックが集うそこは、覗《のぞ》き魔も出没すると聞いたことがあるが、そういう時季ではないらしい。

とにかく、ゴミ箱はないかと歩き回ったものの、さっぱり見つからなかった。ヘタに設置すると家庭ゴミを捨てる不届き者が出るから、無くしたのかもしれない。

（まったく……不道徳な人間がいるから、あたしたち善良な市民が迷惑するんだわ）

まあ、今は奈緒子自身が、不道徳な人間そのものであったのだが。

ともあれ、うろうろと歩き回り、ようやく遠く離れたところにそれらしきものを発見する。奈緒子はホッとしてそちらに足を進めた。ところが、向かう方向から誰かがやって来たのである。

懐中電灯を手にした、どうやら二人組らしい。近所の住人が散歩をしているのだろうと思い、そのままやり過ごそうとしたとき、

「ちょっと、キミ」

いきなり声をかけられ、懐中電灯の光をまともに顔へ向けられた。

眩しくて目がくらむ。何て失礼なヤツなのかと、奈緒子は腹が立った。しかし、目を細めてふたりの服装を確認するなり、心臓がバクンと高鳴る。

警官だったのだ。

「こんな遅くに、何をしているんですか？」

咎めるような口調に、なまじ後ろ暗いところがあるものだから、奈緒子はすっかり挙動不審になった。

「い、いいえ、あの——トイレを探していて」

声が上ずっているのは、自分でもわかった。ただ、男ならいざ知らず、女性である自分がそうそう怪しまれることはあるまいと、たかをくっている部分があった。

「お住まいはどちらですか？」

「あ、えと、××町です」

「だったら近くじゃないですか。ご家族とお住まいですか？」

「いえ、ひとりです」

「マンションかアパートですか？」

「マンションです」

「マンションの名前は？」

畳みかけるように問われ、奈緒子は馬鹿正直に自宅マンションの名前を答えた。

「ああ、あそこですか。それこそ、こんなところでトイレを探さなくても、ご自宅に戻られたほうがいいんじゃないですか？」

質問の口調でも、目は明らかに不審者を見るそれだ。そのためますます畏縮して、何も言えなくなる。

警官は二人組で、質問をしてきたのは若い警官だった。それまでじっとこちらを窺うようにしていた中年の警官が、ここにきて初めて口を開く。

「実は、この付近で薬物の取引きが行われるという情報がありましてね。それで私たちは、こうしてパトロールをしているんですよ」

そうやってありもしない事件や情報をでっち上げ、相手の不安感を煽《あお》るのが警官の常《じょう》套《とう》手段なのだが、初めて尋問を受ける奈緒子は知らなかった。おかげで彼らの思惑に乗り、本来は任意でしかないやりとりにも素直に応じてしまったのである。

（このままじゃ、変なクスリをやってるんじゃないかって疑われるかもしれない）

怪しまれないよう、平静を取り戻そうとするものの、意識すればするほど表情が強《こわ》ばり、舌がもつれる。結局、名前から勤め先まで、訊かれたことにすべて答え、身分証明書まで見せてしまった。しかし、

「では、申し訳ありませんが、そのバッグの中を拝見させていただけますでしょうか」

中年の警官の要請に、さすがに奈緒子は躊躇した。犯罪に関わるようなものはもちろん

入っていないが、バイブを見られてしまう。それだけならまだしも、捨てようとしていたことまでバレて、不法投棄未遂で捕まるのではないだろうか。

すっかり怯えきっていたものだから、すべてを悪いほうへ考える。だからと言って見せることを拒めば、ますます疑われるだろう。警察署へ連行されないとも限らない。

どうすればいいのかと泣きそうになりつつ、奈緒子は渋々バッグを肩からはずし、ファスナーを開けた。化粧品のポーチやメモ帳、携帯などが雑然としまわれた中で、あの花柄の布袋がやけに浮いているように見えた。

（絶対に怪しまれる！）

もう駄目だと観念したとき、

「どうしたの、奈緒子？」

背後から声をかけられ、ドキッとする。ふり返ると、二十歳前後と思《おぼ》しき見知らぬ青年が、ニコニコと屈託のない笑みを浮かべていた。

「遅いから迎えに来たよ」

そう言った青年が、軽く目配せしたのがわかった。この場を救ってくれるのだと理解し、奈緒子は咄嗟に話を合わせた。

「ごめんなさい。トイレを探してたら、お巡りさんたちに呼び止められて」

「ああ、そう。もういいんだろ？　さ、帰ろう」

青年はすたすたと近づき、奈緒子の腕を取った。そのまま踵を返して歩き出す。

（え、いいの？）

戸惑いつつ、奈緒子は彼に従った。

「あ、ちょっと、キミたち」

背後で警官が呼ぶ声がしたものの、

「ふり返らないで。無視しておけばいい」

青年が囁《ささや》く。明らかに年下でも、安心できるしっかりした口調だ。言うとおりにすればいいのだと信じられた。

「奈緒子さんが犯罪に関係するような人間じゃないって、あいつらはとっくにわかってるんだ。あれこれ調べたがったのは、ただの暇つぶしか悪趣味なんだよ」

実際、警官たちが追ってくることはなく、奈緒子と青年は無事に公園から出られた。

「ほら、もうだいじょうぶだよ」

しばらく歩いてから、青年が背後をふり返る。奈緒子も警官がいないことを確認すると、くたくたと力が抜けるようだった。

「よかった……」

つぶやくなり、涙がこぼれそうになる。それだけ緊張していたのだ。

「奈緒子さんがひとりで公園を歩いているのが見えて、物騒だなって思ってたら警官に呼び止められてさ。そうしたら、今度はあいつらに絡まれて困ってるみたいだったから、助けてあげたんだ」

「うん……本当に助かりました。あ、じゃあ、あたしの名前は？」

「ああ、警官たちに話しているのが聞こえたから。さっきは呼び捨てにして悪かったけど、ああでもしないと誤魔化せなかったし」

「ううん。本当にありがとう」

礼を述べると、青年は照れくさそうに笑い、組んでいた腕をそっとほどいた。人柄の滲み出た笑顔と紳士的な振る舞いに、きっといいひとに違いないと確信する。

青年は念のためと、奈緒子をマンションまで送ってくれた。

「ああいう尋問には、いちいち応じなくていいんだからね。あくまでも任意なんだから、持ち物まで見せる必要はないんだよ。何もしていない人間に対して、彼らにそこまでできる権限はないんだから」

年下に忠告されても、生意気とは感じなかった。素直に耳を傾けてうなずく。

「そうなのね……勉強になりました」

話しながら、奈緒子は不思議と安らげるものを彼に感じた。初めて会ったはずなのに、ずっと以前から知っているような気がする。

「あ、そうだ。あなたの名前は？」

「ああ、まだ名乗ってなかったね。僕は梁方雄也《はりがたゆうや》」

漢字も教えてもらったが、やはり初めて聞く名前であった。

（こんなに親しみが持てるのは、きっと人柄のおかげなんだわ）

優しい気分になれる笑顔にも好感が持てる。だからこそ、警官の前から連れ去られたときにも、素直に従えたのだ。

しかしながら、会ったその日に部屋に上げることはしなかった。そこまで警戒心を弛《ゆる》めるほど、奈緒子は軽率な女ではない。

それに、彼は最後まで紳士的だった。

「じゃ、僕はこれで」

マンションの前で、雄也はあっさりと別れの言葉を述べた。途端に、奈緒子の中に衝動的な熱望が生じる。

（また会いたい――）

だが、口には出せなかった。おそらく、本気で好きになりかけていたからだろう。初めて恋を知った少女みたいに、不器用に振る舞うことしかできなかったのだ。

「本当に、ありがとうございました」

腰を折って、深々とお辞儀をする。ところが、バッグのファスナーが開いたままだったものだから、中のものがこぼれ落ちた。

「あ——」

咄嗟《とっさ》にキャッチしたのは、あの花柄の布袋だった。しかもおしりの方を摑《つか》んだから、中のバイブがするりと抜け落ちる。

「おっと」

地面にぶつかる寸前に、雄也がそれを救った。そのときはホッとした奈緒子だったが、たちまち耳たぶまで熱くなる。

（いけない——）

好きになりかけた男に、とんでもないものを見られてしまった。それこそ、百年の恋も冷めるというアクシデントだ。これ以上みっともなく、恥ずかしいことがあるだろうか。

瞼《まぶた》の裏が熱い。涙が出そうになる。そのままマンションに駆け込みたかったものの、彼が「よかった」と笑顔を見せたものだからきょとんとする。

「これ、使っていてくれたんだね」

嬉しそうに白い歯をこぼす雄也に、奈緒子は戸惑うばかりだった。すると、彼がちょっと困った顔で首をかしげる。

「奈緒子さんはかなり酔ってたみたいだったし、きっと憶えてないんだろうけど、実は僕、これを売ったショップの店員なんだ」

それを聞いて、奈緒子は「ああ」と納得した。もう一年も前のことだが、それだけ自分は印象深かったということなのか。

「だから今日も、たまたま公園で奈緒子さんを見かけたんだけど、何だか気になって」

雄也が照れくさそうに頭を掻く。彼との接点がわかり、羞恥がすっと消え失せた。すでに醜態《しゅうたい》を見られていたのだ。何を今さら恥ずかしがることがあろう。

だが、反射的に発した問いかけは、自分でもどうかと呆《あき》れるものであった。

「ねえ、これ、壊れちゃったの。直せる⁉」

詰め寄った奈緒子に、雄也は目をぱちくりさせた。

3

約束した通り、雄也は翌日の晩、バイブを部屋まで届けてくれた。

「モーターのハンダづけが取れてたんだ。ちゃんと繋《つな》いだから、元通りに動くよ」

「ありがとう」

受け取ったもののスイッチを、奈緒子は恐る恐る入れてみた。

ウィィィン――。

モーター音と共に、懐かしい動きが戻ってくる。自然と笑みがこぼれた。

「よかった……」

つぶやいたところで雄也の視線に気づき、頬が熱くなる。しかし、彼は決してからかうことなく、優しい笑みを浮かべていた。

「本当に大事にしてくれていたんだね」

「そりゃ――」

どれだけ気持ちよかったかを打ち明けそうになり、焦って口をつぐむ。けれど、彼にはどんなことでも話せる気がした。

今日は雄也を部屋に上げていた。もちろんふたりっきりだし、目の前にはピンク色も誇らしげなバイブレーター。色っぽい展開になって当然のシチュエーションだ。

今の奈緒子は、何が起こってもいいという心境だった。昨日――正確には一年前だが――会ったばかりの男に、すべてを許す覚悟ができていた。

いい年をして恋人もつくらず、バイブレーターを愛用していたような女である。けれど彼は、少しも軽蔑《けいべつ》せずに接してくれた。

ここまで寛大な心を持った異性と、奈緒子はかつて巡り会ったことがない。ほんの二十四時間のあいだに、好きという感情が怖いぐらいに高まっていたのである。

「僕もうれしいよ。店で売ったものを、こうして喜んでもらえたんだから」

「やだ、エッチ」

ヨロコブの意味を早とちりして、奈緒子は恥じらった。

「え? あ……ごめん」

雄也も発言の意味するところに気づいたか、素直に謝る。お互いに恥ずかしくて照れくさくて、なのに少しもぎくしゃくした雰囲気にならないのが不思議だった。

(……あたし、雄也とセックスしたい)

男に対して、そこまで積極的な欲望にかられるのも初めてだ。けれど、純粋過ぎるぐらいに真面目な彼は、ふたりっきりだからといって求めてくることはなさそうだ。

(だったら、あたしのほうから――)

はしたないと思わないではなかったが、何を言っても彼は受け入れてくれるはずという、確信に近いものがあった。

「ねえ、これ……あたしに使って」

　奈緒子は眼差しに決意を込めて告げた。

「え？」

「自分で使うのも、すごく気持ちよかったんだけど、雄也が使ってくれたら、もっと気持ちよくなれる気がするの。だから――」

　いきなり抱いてでは大胆過ぎるだろうと、先ずはバイブをダシにして、ペッティングに誘い込もうと考えたのだ。しかし、それはかえってヘンタイじみていると気がつき、言葉が出てこなくなる。

　真《ま》っ赤《か》になっているとわかるぐらいに頬が熱い。雄也が戸惑いをあらわにしているものだから、奈緒子はますます居たたまれなくなった。ここが自分の部屋でなかったら、すぐにでもとび出しているところだ。

　沈黙が続く。耐え切れなくなり、今のは冗談だからと告げようとしたとき、

「……いいの？」

　雄也が口を開く。胸がきゅんと締めつけられるほど、真剣な目をしていた。

「うん」

　奈緒子はしっかりとうなずいた。

普段着のミニスカートを脱げば、女らしい腰回りを包む水色の下着が晒《さら》される。上半身は簡素なトレーナーを着たまま、奈緒子はベッドに仰向けた。

「脚を開いて」

バイブを手に、ベッドの脇に進んだ雄也が命じる。奈緒子は今さら激しい羞恥《しゅうち》に苛まれたものの、思い切って膝を離した。

雄也は落ち着いている。若くても経験は豊富のようだ。安心して身を任せればいい。

バイブのスイッチが入れられ、突起部の振動音が聞こえてくる。それを合図に、奈緒子は目をつむった。何も見えなくなって多少は恥ずかしさが薄らぎ、代わって胸苦しいほどの期待がこみ上げる。

「当てるよ」

声が聞こえてきっかり三秒後、振動が恥丘の真下あたりに押しつけられた。

「はうぅッ」

奈緒子は反射的に背中を浮かせ、歓喜の喘ぎをこぼした。

（なに……すごく気持ちいい）

クリトリスを刺激するのは、性感を高めて愛液の湧出を促すため。バイブを用いてのオナニーは挿入がメインだったから、奈緒子は突起部分をあまり重要視していなかった。だが、今は挿入に匹敵するぐらいの悦びを得ている。パンティを汚したくないから、いつもは直に当てていたのだが、そのときよりもずっと感じていた。

（どこをどうすればいいのか、ちゃんとわかってるんだわ）

店員だけあって、商品の特長を知り尽くしているらしい。ただ当てるだけでなく左右に動かし、それが身をよじりたくなるほどの快さをもたらしてくれるのだ。

「奈緒子さん、濡れやすいんだね。下着にもうシミができてるよ」

「いやあ……あ、ああッ」

膣奥からジワジワと溢れるものを、奈緒子も自覚していた。濡れやすいのもその通りで、だから最初からパンティを脱ごうかとも考えたのであるが、さすがに恥ずかしくてできなかった。

けれど、今は羞恥を凌駕《りょうが》するほどに、欲望が高まっている。

「下着が汚れちゃう……ね、脱がせて」

声を震わせてお願いすると、雄也はすぐにバイブをはずしてくれた。秘園を守る薄物を、優しい手つきで脱がせてくれる。

再び脚を開いたところで、羞恥に全身が熱くなる。好きな男の前に、恥ずかしいところを晒しているのだ。期待もあって、彼が来る前にその部分を丁寧に洗ったから、イヤな匂いはさせていないはず。それでも、まったく平気でいられるわけがない。

「奈緒子さんのここ、すごく綺麗だよ」

お世辞とわかる台詞《せりふ》も、雄也に言われるとたまらなく嬉しい。もっと見てと、破廉恥《はれんち》なことを口走りそうになった。

敏感なクリットを摘まむように指が添えられる。包皮が剝かれたのを自覚したところで、再びバイブが押し当てられた。

「あうううううーッ！」

呻《うめ》きが喉からほとばしり、腰がビクンビクンと跳ね躍る。下着越しとは比べ物にならない快感に、奈緒子は気が遠くなりかけた。

（すごい――）

これで挿入されたらどうなるのだろう。大袈裟でなく腰が抜けるのではないだろうか。

「奈緒子さん、気持ちいい？」

雄也の問いかけにも、まともな返事などできるはずがない。

「ああ、あ、いいのぉ」

と、はしたないよがり声を返すので精一杯だった。

「じゃ、挿れるからね」

クリトリスから突起部分がはずされる。間を置かずに、膣にめり込むものがあった。

（あ、コンドームを――）

いつも被せているゴム製品を用意してなかったのを思い出す。バイブを壊さないためにも、また、衛生面を考えても、きちんと装着したほうがいい。

そう考えて、けれど奈緒子がとっさに要請したのは、まったく別のことであった。

「ま、待って！」

「え？」

「あたし、雄也のが欲しい。ね、雄也の硬いの挿れて！」

口早に告げてから、頬がジーンと痺れるほどの羞恥にまみれる。しかし、それは心から望んでいることであった。

「……いいの？」

戸惑った声での問いかけに、奈緒子は目をつむったままうなずいた。恥ずかしくて、とても彼の顔が見られなかったのだ。

「お願い。雄也のオチンチンが欲しいの」

過去に付き合った男にだって、こんなはしたない言葉づかいをしたことはない。ところが、不思議と彼に対しては、欲望を率直に告げられたのだ。

「わかった」

返事とともに、雄也が立ちあがったのがわかった。そして、かすかな衣擦《きぬず》れが聞こえる。

（ああ、いよいよ——）

その瞬間を、奈緒子は胸を焦がして待った。一秒が一分にも感じられるほど、彼を強く求めていた。

間もなくベッドにあがってくる気配があり、心地よい重みがかけられる。

「挿れるよ」

耳元で声がし、女芯に熱いものがめり込む。奈緒子は夢中で男の腕にしがみついた。

（早く来て！）

心の中で叫んだとき、それが体内にぬるんと侵入してきた。

「くふぅううう！ッ！」

長く尾を引く声を絞り出し、奈緒子はのけ反った。硬くて逞しいものが女窟を満たしたと思うなり、からだの底を這うような快感が胸まで昇ってくる。

（ああ、これって……）

初めてあのバイブを使ったときと同じだ。異物であるはずのペニスは膣にぴったりとはまり、腰をくねらせずにいられない悦びを与えてくれる。

「う、動いて……ああっ、いっぱい突いてぇッ！」

奈緒子は無意識のうちに、淫らなおねだりを口にしていた。

雄也が動き、強ばりが体内を行き来する。バイブと違ってクネクネ動いたりしないが、代わりに猛々しい脈動を伝えてきた。

「ああ、あ、あふぅ、き、気持ちいいッ」

奈緒子は喜悦の声を喉から吐き出した。こんなに気持ちのいいセックスは、生まれて初めてだ。

「いい、いいっ……ああ、いいのぉ」

膣奥を力強く突かれるたびに、目の奥に火花が散る。身悶え、喘ぎ、すすり泣く。奈緒子は快楽を貪る一匹の牝に成り果てていた。

そして、一分も抽送されないうちに、絶頂の高波が全身を巻き込む。

「いくいく……ぅ、くうううーッ！」

ピンと伸ばした両脚を細かく痙攣させ、奈緒子は最高のエクスタシーに溺れて意識を飛ばした。

4

ようやく我に返ったとき、隣に雄也がいた。添い寝して、優しく髪を撫でてくれる。

ふたりとも下半身だけを脱いだ格好で、行為の慌ただしさを物語る。それでも、心地よい疲労にひたる奈緒子は、大満足だった。

（……あたし、イッちゃったんだ）

あんなに凄まじいオルガスムスは初めてだ。もうバイブなんかいらない、雄也さえいてくれればいいという心持ちになる。

そっと手を伸ばすと、彼の股間では分身がいきり立ったままだった。はち切れそうに逞《たくま》しく、握るだけで悩ましくなる。

「……出さなかったの？」

もつれる舌でどうにか訊ねると、雄也が決まり悪げにうなずいた。

「だって、勝手に出すのはマナー違反だし」

ちゃんと気遣ってくれる年下の男に、愛《いと》しさがムクムクと大きくなる。だったらもう一度して、今度は中でほとばしりを受けとめたいと思ったものの、今日は安全日ではなかった。

　けれど、手の中で脈打つものは一途に放出をねだっているよう。このままでは可哀想だ。

「だったら、お口に出させてあげる」

　フェラチオで満足させるべく、奈緒子は身を起こした。ところが、その部分に顔を伏せようとすれば、彼が断固として拒む。

「そんなことまでしなくてもいいよ」

　やけに真剣な顔つきは、ただ遠慮しているだけではなさそうだ。しかし、そんなふうに拒絶されると、かえってしてあげたくなる。

「いいから、おとなしくしてなさい」

　奈緒子は雄也の上に逆向きで乗った。ちょっと大胆かなと思ったものの、豊満なヒップで顔面騎乗し、彼の抵抗を奪う。

「むううう」

　恥辱に吹きかかる熱い吐息に、背すじがゾクッとする。それでも、若い男がおとなしくなったのをいいことに、奈緒子は手にした勃起をまじまじと覗き込んだ。

（これが雄也の――）

経験豊富かと思えば、少しも遊んでいなさそうにナマ白いペニスだ。亀頭も綺麗なピンク色。大きさは、ちょうどあのバイブぐらいだろうか。だからあんなに気持ちよかったのかと、奈緒子は納得した。

よくよく見れば、くびれ部分に小さな古傷がある。痛かっただろうなと同情したのは、けれどほんの一瞬だけ。自身の愛液に濡れ、ほんのりベタつくそれに、女の本能が燃え上がる。気持ちよくしてあげたいという一心で口に含み、しょっぱさも厭わず舌を絡めた。

「ンふぅ」

呻きをこぼし、雄也が腰を突き上げる。感じているとわかり、奈緒子は嬉しくなった。

（いっぱい出してね）

心の中で念じて、慈しむような口唇愛撫で奉仕する。

正直な話、フェラチオはそれほど好きではなかった。恋人に求められればしないわけではなかったが、自分からしゃぶりつくことなど皆無だった。

けれど今は、心からしたくなっている。いっぱい感じてほしい、気持ちよくなって精液を出してほしいという思いから、奈緒子は牡の猛りを熱心に舐め回した。

しばらくすると、雄也の腰がせわしなくくねりだす。まるで、あのバイブのように。

（もうすぐなんだわ……）

口内の牡棒は、甘苦い先走りを多量にこぼす。それを舌に絡め取り、敏感なくびれをチロチロとくすぐれば、陰部に吹きかかる息づかいが激しくなった。

「むうぅ……ふはッ、あ、奈緒子さんっ」

雄也が焦った声をあげる。いよいよだと理解して、奈緒子は肉根を唇でぴっちりと挟み、頭をリズミカルに上下させた。

「あああ、あ、駄目──」

彼の下半身がガクガクと跳ねる。次の瞬間、熱いエキスが勢いよくほとばしった。

(あ、出た)

香り高い牡の精に怯むことなく、奈緒子は休みなく唇ピストンで責め続けた。ドクドクと溢れる粘っこいものを、すべて呑み干す。

「はぁ、はあ──」

雄也が息を荒ぶらせる。逞しかったものが力を失うのを確認してから、奈緒子は口をはずした。

(おいしい……雄也の精液)

満足感にひたり、ふうとひと息つく。異変に気づいたのは、そのときである。

「え、どうしたの、雄也⁉」

彼の呼吸が、今にも事切れそうに弱々しいものになっていたのである。

「……奈緒子さん、ごめん」

謝られる意味がさっぱりわからない。おまけに、これでお別れというような悲しげな表情だったものだから、奈緒子はますますうろたえた。

「どうしたの⁉ しっかりしてっ!」

あるいは、無理に射精させたのがまずかったのだろうか。後悔したとき、意外なことが告げられた。

「実は僕……ショップの店員じゃないんだ」

「え?」

「本当は、あのバイブの精……妖精なんだ」

突飛な話もすぐに信じられたのは、思い当たることがいくつもあったからだ。

顔を合わせたとき、初対面だと思えなかったこと、恥ずかしいおねだりも怯まず口にできたこと、セックスをしたときのペニスのフィット感に、くびれの傷などなど。すべては、彼女が愛用していたバイブだったからなのだ。

「奈緒子さんが、僕を大事にしてくれて……感じてくれたことがすごく嬉しくて、だから、もう一度悦ばせてあげたかったんだ」

「それで人間の姿に？」

問いかけると雄也が――バイブの精がうなずく。澄んだ目から、涙がひと雫《しずく》こぼれた。

「そうしたら、奈緒子さんが僕を欲しいって言ってくれて……バイブじゃなくて僕自身を求めてくれて、すごく嬉しかったよ」

「当たり前じゃない。だってあなたは――雄也は、あたしにとって唯一のバイブなんだもの。あたしを気持ちよくしてくれるのは、雄也だけなんだもの！」

奈緒子の目からも、涙がボロボロとこぼれ落ちた。

「ありがとう……だけど、もうお別れなんだ。奈緒子さんが、僕をイカせてくれたから」

「ど、どうしてそうなるのよ⁉」

「バイブは、女性をイカせることが仕事なんだ。逆にイカされたら、それで僕たちの役目は終わってしまうんだよ」

「そんな――」

奈緒子は雄也に縋り、しゃくり上げた。

「ごめんね、雄也……あたし、そんなこと全然知らなかったから。許して――」

「いいんだよ……だって、僕はとっても気持ちよかったんだから。最後に、奈緒子さんとのいい思い出ができたんだもの」

残った力を振り絞るように手をあげ、雄也が優しく髪を撫でてくれる。

「今までありがとう、奈緒子――」

その声が最後だった。気がつくと、奈緒子はひとりベッドにうずくまっていた。

「雄也⁉」

慌ててとび起きて、あたりを見回す。しかし、他に誰の姿もない。

テーブルの上に置かれたバイブレーターに気がつき、奈緒子は手に取った。直ったはずのそれは、いくらスイッチを操作してもピクリとも動かなかった。

（ごめんね……ごめんね雄也）

奈緒子はバイブを抱きしめて泣き続けた。彼の優しい笑顔が脳裏に蘇り、また涙がとめどなくこぼれた。

ようやく涙が枯れてから、奈緒子はスカートを穿《は》き、バイブを手に部屋を出た。エレベータをおりたとき若い女とすれ違い、彼女がこちらにギョッとした目を向けたものの、まったく気にならなかった。

マンションの外に小さなビオトープがあり、大きな木が聳《そび》え立っている。片づけ忘れたらしい小さなスコップを拾いあげると、奈緒子は木の根元に穴を掘った。

（今度生まれ変わったら、またあたしのところに来て、いっぱい気持ちよくしてね）

心の中で祈り、掘った穴にバイブを——雄也を埋める。それから、両手を合わせた。

「ありがとう、雄也……」

つぶやきは夜の闇に溶けていった。

※　※　※

翌朝、いつもの時刻に目を覚ました奈緒子は、外がやけに騒がしいことに気がついた。

（何かしら……）

寝ぼけ眼でベッドからおり、窓辺に進んでカーテンを開ける。

「え？」

外を見るなり、目が完全に冴えた。

窓のすぐ下に、ビオトープの木が見える。緑の葉っぱが繁るそれに、ピンク色のものが鈴なりに生《な》っていたのだ。

全部、あのバイブだった。

ビオトープのまわりにマンションの住人たちが集まり、木を見あげて騒いでいる。しかめっ面で腕組みをする管理人の姿も見えた。

（嘘——）

唖然とする奈緒子の目の前で、風にそよぐバイブたちが一斉に唸り出した。

ウィィィィィン——。

歓声をあげるようなその音は、街中に三日三晩響き渡ったそうな。

勃ちあがれ、柏田

八神淳一

著者・八神淳一《やがみじゅんいち》

一九六二年生まれ。大学卒業後上京し、雑誌編集などに携わった後、作家デビュー。祥伝社文庫の官能アンソロジー『秘本Z』『秘戯E』『秘戯X』に作品が収録される。著者は『なまめき女上司』のほか、時代官能小説『艶剣客』シリーズが大好評を博している。

1

柏田弘樹《かしわだひろき》は郊外のショッピングモールのフードスペースにいた。

広々としたフロアの中にテーブルや椅子《いす》があり、まわりを囲むように、焼きそば屋やラーメン屋やクレープ屋や牛丼屋やお好み焼き屋などの、いわゆるB級グルメの店が並んでいる。

セルフサービスで、好きな物を買って、テーブルで家族揃《そろ》って仲良く食べるようになっている。

日曜日の午後、柏田はたいてい、ここにいる。目の前に妻の友美《ともみ》、右隣《どなり》に長男の一樹《かずき》、左隣に次男の幸司《こうじ》がいる。どちらも小学生だ。

柏田は四十五になる。三十三で結婚し、二年後に一樹が生まれ、そのまた二年後に幸司が生まれた。

まわりを見回すと、年齢の多少の違いはあれ、同じような雰囲気の家族が集まっている。

ここにいると、変に落ち着く。

みんな同じだな、と思えるのだ。

月曜から金曜まで働き、そして日曜の昼間は家族でショッピングモールに出かけ、みんなでB級グルメを食べる。

ショッピングモールには若い女の子も来るから、ショートパンツから伸びる生足を観賞出来る。

それが、このところの、柏田の一番の楽しみといってもよかった。

あまりにささやかすぎる楽しみなのではないか、と思いがちだが、まわりのおやじたちも同じようなものだろう、と思ってしまう。

まあ、人生とはこんなものだろう。俺もまあまあ、それなりの人生を送っているな、と思っていた。

しかし、若い女の生足を見て喜ぶ生活とは、まったく別次元の世界があることを、柏田は翌日の夜、知ることになる。

東京で働いている高校の時の同級生が、出張で柏田が住むT市に来ていて、夜、会うことになった。

いつも仕事仲間と飲んでいる居酒屋に連れて行こうとしたが、いい店を知っているから、行こう、と誘われ、洒落《しやれ》た店に入った。

「どうして、こんな店、知っているんだい」

T市に生まれ、育って、四十五年になるが、こんな都会的な飲み屋があるとは知らなかった。

「接待で昨日《きのう》来たんだ。なかなかいい店で、おまえに教えてやろうと思って。なにかの時、使えるんじゃないか、と思ってな」

同級生は、松島《まつしま》といった。洒落た店で接待を受けるだけの仕事をしている。

「なにかの時って、なんだい」

「なにかの時って言えば、女に決まっているだろう」

「女ねえ……」

ダイニングキッチン&バー、というらしいが、その場にいるだけで、オシャレな男になったような気になる店であった。

値段は柏田が普段行く居酒屋の三倍くらいしたが、店内は八割方埋《う》まっていた。

その半分がカップルだったのだが、そのカップルが、普通のカップルではなかった。

上司と部下のOL風。上司は部長か課長。部下は入社五年くらいのOLといった感じのカップルが点在していたのだ。

男たちは、限りなく柏田と年齢が近い。日曜のフードスペースでよく見る年代であった。が、同じテーブルにいる女がフードスペースとはまったく違った。

生活感あふれる女房ではなく、しっとり艶《つや》やかな髪を背中に流した、お肌ぴちぴちの若い女たちだった。

これはいったいどういうことだ。

俺くらいの年の家族持ちは、日曜のショッピングモールで、ショートパンツから伸びる、若い女の子の太腿《ふともも》を見て楽しむのが関の山ではなかったのか。

ここにいる中年のおやじたちは、見て楽しむどころか、恐らく触《さわ》っても楽しんでいるように思われた。

「どうした、柏田」

「いや……訳ありカップルが多いな」

「そうだな。みんな、よろしくやってるよな。おまえはどうだい？」

「どうだいって、言われてもなあ」

ショッピングモールで、若い女の子の生足を見るのが楽しみだなんて、言えなくなった。

「クラブとかの同伴じゃないよなあ」

「そういうのもいるだろうけど、不倫が大半だろう」

「そうなのか」

スーツ姿のおやじたち相手に、ウィスキーの水割り片手に談笑している女たち。シックなブラウスにスカート姿。

柏田が課長をやっている総務部にも普通にいそうな若い女たちである。

柏田の部下である、真鍋由布子《まなべゆうこ》や、三崎美奈《みさきみな》を女たちに重ねる。そして、次に、その相手をしているおやじを、柏田自身に重ねる。

不自然だ。似合わない。ありえない。

しかし、現実として、柏田と同年代の男たちが、フードスペースではなく、ダイニングキッチン&バーで、生活感あふれる妻以外の若い女と楽しそうに飲んでいるのだ。

「まだまだ、俺たちは終わってないんだぞ」

と松島が言う。松島は半年前に離婚したばかりだ。四ヶ月くらい前に会った時には、まだ、失意の中にいたが、今夜は元気そうだ。

「おまえは独身に戻っただろうが、俺は妻帯者だぜ。二人の子供もいるし。あんな若い女とありえないだろう」

「それでいいのか、柏田」

「いいのかって、言われてもなあ」

「俺たちと同年代で、よろしくやっている奴らはけっこういるんだぞ。あいつらだけに、いい思いをさせていて、いいのかい」

「しかし現実問題、相手がいるかよ」

「いるだろう。おまえ、総務だろう。若いOLは選《よ》り取《ど》り見取《みど》りじゃないのかい」

「そんなことはないが、いるにはいるな」

「そうだろう。そばにいるんだよ。これまで見逃してきただけなんだ」

「しかしなあ。俺みたいなおやじに、若い子が惚《ほ》れるかい」

「見て見ろよ。別に、あいつら、ナイスミドルってわけでもないぞ」

そうなのだ。若い女を連れているおやじたちは、別に取り立てて見栄《みば》えがいいというわけでもない。柏田とたいして変わりがないのだ。

そこがなんとも悔《くや》しい、というか、俺にもありえるんじゃないか、という希望を与えてくれている。

「松島、おまえはどうなんだい」

「俺かい。それが、よく通っているショップの子なんだけど」

「服のショップかい」

「そうそう。なんか気が合ってね。時々、飯を食うようになったんだ」

「いくつだい」

「確か、二十六かな」

「二十六っ」

松島は柏田と同級生だから、四十五である。四十五の男がプライベートで二十六の女と飯を食うなんて、考えられなかった。

「いったい、どんな話をしているんだい」

「そうだな。いろんな話さ」

「だから、どんな話なんだい」

松島から明確な答えはもらえなかった。

「飯だけかい」

まわりのおやじと若い女のカップルを見回しながら、柏田は聞いた。

「もちろん、飯だけだよ。それ以上、望んでは駄目《だめ》さ」

まわりのおやじたちも、それ以上は望んでいないのだろうか。いや、望んでいるはずだ。それ以上が目的なはずだ。

「俺も頑張《がんば》るかな」

「そうだよ。頑張れよ。まだまだ枯《か》れる年じゃないぞ。これからだぜ」

「そうだな」

と柏田は酔《よ》った勢いで、しっかりとうなずいた。

2

翌日の午前中。

総務部は静かだった。皆、パソコンに向かって、キーを打っている。

昨日の夜は松島に煽《あお》られてその気になったが、一夜明けて、現実を見ると、まったく無理だと知らされる。

だいたい、いったい、真鍋由布子や三崎美奈と、どんな話をすればいいのだ。

仕事の話以外に、彼女たちと共通の話題など思いつかない。

が、もしかして、昨日のおやじたちのように……と思って、あらためて真鍋由布子や三崎美奈を見る。

真鍋由布子は眼鏡《めがね》が似合う知的な美人だ。三崎美奈は清楚《せいそ》な雰囲気の美人である。

あのダイニングキッチン&バーでいっしょに飲めれば、それだけで、幸せだろう。

でも無理だ。きっかけすらない。どうやってきっかけを作るのだ。どうやって、飯に誘うのだ。

それは、至難《しなん》の業《わざ》のように思えた。


それから数日後、柏田は市民会館にいた。

Nフィルハーモニー交響楽団の演奏会だった。客演が、向山留奈《こうやまるな》。新進気鋭のヴァイオリニストであった。

若くて、しかも美貌《びぼう》であり、かなり人気があった。地方都市のT市の演奏会のチケットも、すぐに売り切れたらしい。

柏田はチケット発売の初日に買っていた。

柏田の唯一の趣味が、クラシック音楽鑑賞であった。以前はよく妻と二人で聴《き》きに来ていたのだが、チケット代がもったいない、という理由で、いつの間にか、柏田一人だけで行くようになっていた。

妻は柏田ほど、クラシック音楽には興味がなかった。

はやめにホールに入った。楽団員数名で、本番の演奏会の前に、ちょっとしたロビー演奏会をやることになっていたのだ。

人垣の背後に立って待っていると、ワンピース姿の女性が目に入った。すらりとした肢体を、ぴっちりとしたデザインのワンピースで包んでいた。

スタイルが抜群であった。

ノースリーブからのぞく二の腕の白さが、なんとも艶《なま》めかしく見えた。

その女性が柏田の方を見て、笑顔を見せた。こちらに近寄ってくる。

柏田は背後を振り向いた。が、後ろには誰もいない。ということは、あの女性は俺を見て、笑顔を見せたのか……。

「課長ですよね」

と声を掛けられ、前を向いた。

ノースリーブのワンピース姿の女性が、目の前にいた。

「あっ……真鍋くんかい……」

「そうです。課長とこんなところで、お会いするなんて、びっくりです」

「そ、そうだね」

「なんか、私の顔に付いてます？」

柏田をじっと見つめ、小首を傾《かし》げる。

部下の顔をこんなに間近に目にするのははじめてで、柏田はどぎまぎしていた。

会社で見る真鍋由布子は、いつも黒い髪をアップにまとめ、黒縁《くろぶち》の眼鏡を掛けて、シックなブラウスとスカート姿で、パソコンに向かっていた。

が、今、目の前にいる真鍋由布子は長い髪を背中に流し、大きな目をこちらに向け、見事なプロポーションを強調させたワンピースを着て立っている。

「仕事中だけ、眼鏡を掛けているんです」

「そうなんだね。知らなかった」

「私も課長がクラシックをお好きだなんて、知りませんでした」

「真鍋くんもクラシック、聴くのかい」

「いや、それが、はじめてなんです。友達が仕事で行けなくなって、私がチケットもらったんです。クラシックって、みんなドレッシーな服で聴くものだとばかり思っていて、なんか、私だけ派手な服装っぽくて、ちょっと失敗したかなって思っているんです」

「そんなことないよ。とても似合っているよ」

「そうですか。そう言っていただけると、うれしいです……」

真鍋由布子ははにかむような笑顔を見せた。

ロビー演奏会がはじまった。弦楽四重奏で、有名な「G線上のアリア」を弾《ひ》き始める。

柏田は真鍋由布子の横顔に目を向ける。

真鍋由布子はうっとりとした顔で、聴いている。なんて綺麗《きれい》なんだろうか。当たり前だが、仕事中の彼女しか知らなかった。もちろん仕事中の眼鏡姿の彼女も理知的で素敵だったが、今夜の彼女は、さらに輝いて見えていた。

こんなに綺麗な女性と、仕事をしていたとは。

視線を感じたのか、真鍋由布子がこちらに目を向けた。笑顔を見せて、演奏者に視線を戻す。

柏田はいい年をして、瞬《また》く間に、青年のように恋に落ちていた。

演奏が終わった。真鍋由布子が顔を寄せてきて、素敵でした、と告げた。

なんとも甘い薫《かお》りが柏田の鼻孔《びくう》をくすぐり、恥ずかしながら、勃起させていた。

お目当ての新進気鋭のヴァイオリニストである向山留奈は、真っ赤なドレス姿で舞台にあらわれた。

スタイルも素晴らしく、ヴァイオリンを手に登場しただけで、聴衆を魅了していた。

が、柏田の頭の中は、真鍋由布子のワンピース姿で占められていた。

向山留奈はメンデルスゾーンのヴァイオリン・コンチェルトを演奏したが、まったく耳に入っていなかった。

この演奏会の後、真鍋由布子をお茶に誘うべきかどうか、それればかり考えていた。

『俺たちと同年代で、よろしくやっている奴らはけっこういるんだぞ。あいつらだけに、いい思いをさせていて、いいのかい』

松島の言葉が、柏田の頭を駆け巡る。

『まだまだ、俺たちは終わってないんだぞ』

そうだ。終わっていない。誘うのだ。お茶に。お茶くらい、いいだろう。

でも、やんわりと断《ことわ》られるかもしれない。真鍋由布子だって、上司に誘われて、迷惑するかもしれない。

演奏会の後半は、ベートーベンの「英雄交響曲」であった。聴いているうちに、気持ちが昂《たか》ぶり、勇壮なフィナーレに煽られ、誘うぞ、と決心していた。

アンコールの前に、柏田は席を立っていた。真鍋由布子に先に帰られたら、困るからだ。

アンコールが終わると、扉が開き、聴衆がどんどん出てくる。あっという間に人でいっぱいになる。

柏田は真鍋由布子を見つけられるか、ちょっとあせったが、そんな心配は杞憂《きゆう》だった。

真鍋由布子が出てくるのがすぐにわかった。彼女だけ、柏田の視界に飛び込んできた。

真鍋由布子はあちこちに視線を向けていた。誰かを探しているようだった。連れでもいたのか、と思いつつも、柏田は人混みの中、近寄っていった。

松島とダイニングキッチン&バーで飲んでいなかったら、連れがいるのではと思うだけで、あきらめて帰っていただろう。

真鍋由布子が柏田に気がついた。すると、驚くべきことに、胸元で小さく手を振ったのだ。

柏田は感動していた。なんて可愛いのだろうか。

「よかった」

とそばに寄ってきた真鍋由布子が、そう言った。

「人が多くて、課長と会えないかも、と思ってました」

どうやら、俺を、この俺を真鍋由布子は探していたようなのだ。感激で、涙が出そうになる。

「どうだったかい、はじめての生のクラシックは」

「いやあ、感激でした。すごく良かったです。なんか、あの、その、すぐに家に帰りたくなくて……あの、この感動を分かち合いたくて……あの……課長、お時間ありますか？」

さらに驚くべきことに、真鍋由布子の方から誘ってきたのだ。もちろん時間はあった。

真鍋由布子のためなら、無限にあった。

「ちょっと飲もうか、いいところを知っているんだ」

柏田はいきなり伝家の宝刀を抜くことにした。今抜かなければ、宝の持《も》ち腐《ぐさ》れになると思ったからだ。

「へえ、どこですか？　楽しみです」

と真鍋由布子が好奇心あふれる笑みを見せた。

3

「素敵な店ですね」

フロアに入るなり、真鍋由布子は気に入ってくれたようだ。お造りを頼み、生ビールで乾杯をする。

真鍋由布子は白い喉《のど》を悩ましげに動かし、ごくごくとビールを飲む。なかなかいける口のようだ。

「なんか、課長意外ですね」

「そうかい」

「私、課長のこと、なにも知らなかったことに気づきました」

「僕もそうだよ。真鍋くんのことはなにも知らなかった」

その後、真鍋由布子は自分のことをいろいろ話しはじめた。大きな目をくりくりさせて、どんなことでも楽しそうに話す彼女を見ているだけで、柏田は幸せだった。

一時間、一時間半が瞬《また》く間に過ぎ、そして、気づいたら、午後の十一時をまわっていた。

帰りが同じ方向で、途中までタクシーで送っていくことにした。

並んで後部座席に座るだけで、車内の空気が甘くなった気がした。

ワンピースの裾《すそ》がたくしあがり、真鍋由布子の太腿が七割近くあらわとなっていた。すぐそばに、真鍋由布子のやわらかそうな二の腕と、あぶらの乗った白い太腿がある。触ってみたい。きっとしっとりすべすべだろう。でも、もちろん、触ったりはしない。

部下と洒落た店で酒を飲みつつ、おしゃべりを楽しみ、そして同じタクシーに乗って帰るだけで、充分だった。

フードスペースで日曜の午後を過ごすおやじ連中の側から、ちょっとだけ、若い女とよろしくやっている連中の側になれた気がした。

が、当然のこと、人間の欲望は限りない。

おしゃべりを楽しむだけでは満足出来なくなる。やはり、あの二の腕や太腿に触れてみたくなる。

会社の中では、真鍋由布子はパンストを穿《は》いていた。だから、白い太腿を拝《おが》むことは出来ない。

あの太腿を知っているのは、会社の中では柏田だけということになる。まあ、見ただけだが。

あの夢のような夜から二週間がたっていた。その間、二度、洒落たダイニングキッチン&バーで飲んでいた。

もちろんおしゃべりだけだ。

おしゃべりだけで充分だ、という気持ちと、やはりあの太腿に触ってみたい、という気持ちが複雑にからみあっていた。

だいたい、真鍋由布子のような若くて魅力的な女性が、四十五のおじさんと寝るだろうか。

週一で、夕飯に付き合ってくれるだけでも、充分ではないのか。それだけでも、俺には出来すぎではないのか。

それから先を望んだ途端、すべてがパーになる可能性もある。

それは嫌だ。フードスペースのおやじ側には戻りたくない。

そしてまた、ダイニングキッチン&バーで飲んだ後、タクシーの後部座席に並んで座っていた。

今夜も楽しかった。ふたりだけで会えば会うほど、真鍋由布子の魅力は増していた。

今夜はかなりのミニを穿いていた。アフターファイブ用に着替えたようだった。もちろん生足である。

並んで座っていると、太腿の付け根近くまであらわとなっている。

もしかして、誘っているのだろうか。真鍋由布子も先に進みたい、と思っているのでは。

いや、これは単なるファッションだろう。

足を出しているから誘っている、と考えること自体、おやじの発想である。

白い太腿に触ってみたい。でも、それで終わりになったら困る。おしゃべりだけで充分じゃないか。いや、手の届くところに太腿があるのに、触らない手はない。

どうしたらいいのか。俺はどうしたいのか。

「あっ……」

というかすかな声が真鍋由布子から聞こえた。

柏田の手が真鍋由布子の太腿に置かれていた。

いろいろ考えているうちに、衝動的に触ってしまったのだ。

もう終わりだった。柏田は恐る恐る真鍋由布子の横顔を見た。彼女は真っ直ぐ、前を見ていた。

柏田は真鍋由布子の太腿を撫ではじめた。

勝手に手がそう動いていた。おやじだからだ。

しっとりした肌触りに、股間が疼《うず》いた。

やはり、若い女の肌はいい。俺が中年のおやじだから、余計、若い肌の良さがわかった。

中年になってからこそ、若い肌に触れなければならないのだ。若い時に若い肌に触れても、その本当の良さはわからない。

自然と太腿の内側に、触手が動いていた。内側がまた、たまらない。しっとりすべすべなのだ。

真鍋由布子は拒《こば》んでいない。怒っていない。ただただ真っ直ぐ前を向いている。でも、意識は太腿にあるのが伝わってくる。

「Sホテルにやってくれないかな」

と行き先変更を運転手に告げていた。

すると、真鍋由布子が、はあっ、と甘くかすれた吐息《といき》を洩《も》らし、柏田の触手を左右の太腿で挟んできた。

4

Sホテルは駅前のシティホテルだ。T市は、駅前から車で十五分ほどの距離にある繁華街だけが栄えていて、駅前は静かだった。

だから、地元の人間と顔を合わせる可能性はかなり低かった。

ホテルの部屋は、タクシーの中で携帯から取った。便利な世の中になったものだ。

Sホテルにやってくれないかな、と告げた直後から、柏田も真鍋由布子も一言も口をきいていない。

こういうことは柏田ははじめてだったが、真鍋由布子もはじめてのようだった。

カードキーを使い、八階の部屋に入った。

ふたりきりになると、お互い緊張が解《と》けた。カーテンを開くと、それなりの夜景が広がっていた。

「けっこう、綺麗《きれい》なんですね」

「そうだね」

高い建物があまりないから、暗めだったが、思ったほど悪くはなかった。ムードを盛り上げる程度の夜景ではあった。

柏田は夜景を見つめる真鍋由布子の細い身体を、背後よりそっと抱いていった。

すると、柏田の腕の中で、由布子の身体がぴくっと動いた。映画のワンシーンのようではないか。

うなじから甘い薫りが漂《ただよ》ってくる。柏田は思わず、そこに鼻を押しつけていた。これはAVのワンシーンだ。

「あんっ……」

と鼻にかかった声を洩らし、由布子がブラウスとミニスカートに包まれた身体をくねらせた。

なかなか敏感なようだ。

柏田は由布子の身体を反転させ、こちらを向かせた。目が合うと、お互い照れたように顔をそらした。

「ああ、課長とこんなところにいるなんて……ああ、信じられません」

「僕もそうだよ。夢のようだ」

柏田は由布子のあごを摘《つま》むと、その唇を奪った。

やわらかかった。啄《ついば》むようにくちづけた後、舌で唇を突くと、由布子が開いてくれた。舌を滑《すべ》り込ませ、由布子の舌をからめとる。

舌をからませた途端、ビリリッと快美な電気が柏田の身体を突き抜けていた。

由布子の舌は甘かった。なんとも気持ちいい。じゃれあうようにからめているだけで、スラックスの下でペニスがびんびんになっていた。

キスしただけで、完全に勃起するなんて、いつ以来だろうか。

柏田は由布子のブラウスのボタンに手を掛けた。

部下のブラウスのボタンをこの手で外《はず》す夜が来るとは。

郊外のショッピングモールで、ショートパンツから伸びる、女の子たちの生足を観賞して喜んでいた頃が懐《なつ》かしい。

黒のブラはメッシュだった。ハーフカップで、乳首がきわどく隠れている。

「こんなセクシーなブラを付けて、仕事をしていたのかい」

「はい……」

意外と豊かなふくらみに、柏田の視線は引き寄せられる。

ミニスカートのサイドのホックを外し、ジッパーを下げると、すらりと伸びた生足に沿って、滑り落ちていった。

ブラとお揃いの黒のパンティがあらわれる。こちらもメッシュだった。割れ目が当たっている部分だけ網目がより細かくなっていた。

「真鍋くんって、大人の女なんだね」

「ああ、そんなことありません……ああ、恥ずかしいです……」

羞恥《しゅうち》の息を吐きつつも、暗くして、とは言わなかった。恐らく、身体に自信があるのだろう。

実際、素晴らしいスタイルをしていた。

柏田は由布子の乳房を早く見たくて、正面から抱きつくようにして、背中に手をまわした。

ホックを摑《つか》むが、なかなかうまく外せない。思えば、ブラのホックを外したのは、新婚の頃までだった。

その後は、女房が自分で外すか、ベッドにいる時は最初からノーブラが多かった。

元々こういうのは得意な方ではない。柏田はあせった。こういうのをスマートにやれてこそ、おやじだと思うからだ。

由布子が自分で両手を背中にまわし、ホックを外した。減点一である。

ブラカップがめくれ、形良く張った乳房があらわれた。すでに、乳首はつんとしたしこりを見せていた。

ホックをうまく外せないなど、由布子にとってはどうでもいいことなのかもしれない。

こちらが勝手にまずいな、とあせっているだけかもしれなかった。

柏田は部下の乳房をそっと摑んだ。

すると、はあっ、と由布子が熱い吐息を洩らした。

やはり敏感である。まじめそうな顔をして、身体は開発されているのかもしれない。

まだキスをして乳房を摑んだだけの関係なのに、由布子をここまで開発した男たちに、柏田は嫉妬を覚えていた。

自然と揉《も》みあげる手に力がこもっていく。それでも痛がる顔は見せない、はあっ、と火の息を洩らし、柏田の腕を摑んできた。

柏田は手を引くと、すぐさま、とがった乳首にしゃぶりついていった。じゅるっと吸い上げる。

「あっ……あっんっ……」

なんともそそる喘《あえ》ぎ声をあげる。

スラックスの下で、柏田のペニスはマックスとなっていた。

一刻もはやく、収まるところに収まりたかったが、いくらなんでも早急過ぎるだろう。とりあえず、柏田はネクタイを外し、ワイシャツを脱ぎ、スラックスを脱ぎ、そして靴下を脱いだ。

トランクスにはパンティ一枚の由布子が手を掛けてきた。下げながら、自らも腰を下げていく。

脱がせた時には、ひざまずく形となり、ちょうど由布子の鼻先にびんびんのペニスが迫った。

「課長、すごいです」

部下に、すごい、と言われ、柏田のペニスはひくひくと動いた。

由布子が白くて細い指で、摑んできた。

「ああ、真鍋くん……」

由布子が長い睫毛《まつげ》を伏せ、先端に唇を寄せてくる。

ちゅっと啄む。それだけで、柏田は腰を震わせた。舌をのぞかせ舐められると、ああっ、と女のような声をあげていた。

とにかく気持ち良すぎた。部下の舌が裏筋を這《は》っていく。

「ああっ……」

我ながら惚《ほ》れ惚《ぼ》れするほど勃起している。しかも先端から先走りの汁までにじみはじめた。

そして驚くことに、それを由布子がぺろぺろと舐めていった。

もう駄目だっ。もう、入れるしかないっ。

真鍋くん、と名を呼び、立たせると、そのままベッドへと押し倒していった。

あんっ、と倒れるとバストが弾《はず》んだ。

柏田はメッシュのパンティを摑むと、一気に引き下げていった。

由布子の恥部があらわとなり、あっ、とすぐさま、由布子が両手で覆《おお》った。

柏田は由布子の両足を摑むと、ぐっと開き、その間に腰を落とした。そして、両手首を摑み、脇へと押しやる。

「ああ、恥ずかしいです……」

顔を真っ赤にさせながらも、暗くして、とは言わない。

「綺麗だよ、真鍋くん。素晴らしい」

褒《ほ》め言葉しか出てこない。

柏田は由布子と繋《つな》がるべく、勃起させたペニスを恥毛に飾られた割れ目にあてがってい
った。
入れるぞ、と思った途端、ペニスが萎《な》えはじめた。
まずい、と思い、急いで挿入しようとする。が、先端はどうにか割れ目の中に入ったも
のの、胴体はさらに萎えていった。
まずい、とあせればあせるほど、男としての力を失っていく。最悪だった。おやじ、と
してのテクを見せて、ひいひいよがらせるつもりが、繋がる前に、ジ・エンドとなってし
まった。
「お風呂に入りましょうよ、課長」
由布子は起き上がると、裸のままベッドから降りた。そしてバスルームへと向かって行
く。
由布子のヒップがまた素晴らしかった。高い位置で盛り上がり、すらりと長い足を運ぶ
たびに、尻たぼがぷりっぷりっとうねった。
そんなうねりを見ていると、柏田のペニスは瞬《また》く間に元気になった。
彼女を追って、バスルームに入る。
「バスタブが狭いですよね。これから、ラブホに行きませんか、課長」

「はい。ラブホだったら、バスタブが広いから、リラックスできますよ」

「そ、そうだな……」

今は勃起しているから、すぐにでも入れたかったが、恐らく直前でまた駄目になる気がした。

次、駄目になると、そうとう気まずい。そう思うと、さらに緊張してしまう。

「ねえ、行きましょう」

「そうだな」

奮発したシティホテル代が惜しい気もしたが、しらけることなく、部下の方からラブホに行ってみませんか、と提案しているのだ。

由布子はパンティを穿き、ブラを付け、スカートを穿き、ブラウスの袖に腕を通していく。

柏田もあわてて、トランクスに足を通していった。

駅の裏手に、ラブホ街があった。柏田と由布子はタクシーで直行した。ほんの五分ほどで着いていた。

そしてそれから十分後には、柏田は由布子と、大きなバスタブの中にいた。大きなバスタブでじゃれていると、映画の主人公にでもなった気がする。

由布子が柏田のペニスを摑んできた。

「ああ、硬いです……」

柏田は由布子の恥部へと指を入れる。すると、由布子の裸体がぴくっと動いた。

由布子の中は、お湯以外のもので絖《ぬめ》っていた。

「すごく濡らしているな、真鍋くん」

「ああ……タクシーの中で……ああ、濡らしてしまいました」

運転手にラブホの名を言って、横付けしてもらったのだ。

「あっ、ああっ……課長」

お湯の中でも、柏田の指を締めてくるのを感じる。

由布子は柏田に恥部をいじられながら、跨《また》がってきた。

柏田が指を抜くなり、由布子がペニスを摑んだまま、腰を落としてきた。かなり大胆な行動であった。

あっ、と思った時には、柏田のペニスは由布子の熱い粘膜に包まれていた。

「あうっ……」

と由布子のあごが反《そ》った。白い喉が震える。

「真鍋くんっ」

柏田は部下の裸体をしっかりと抱きしめ、下から突き上げはじめた。

「あ、ああっ……お湯を抜いてください」

「えっ」

「抜いた方が、きっと、いいです」

「そうだね」

と柏田は座位で繫がったまま、バスタブの栓を引き抜いた。するとどんどんお湯が減っていく。

お湯がなくなると、由布子のあそこの感触をより強く感じることが出来た。

それは良かったが、気持ち良すぎて、ちょっとでも気を抜くと、暴発させそうだった。

ここで勝手に暴発させたら男が廃《すた》る、と柏田は肛門に力を入れて、激しく突き上げていった。

「あっ、ああっ……課長っ」

由布子がやわらかな乳房を柏田の胸板に押しつけ、しがみついてくる。

火の息を吐く唇が、すぐそばにある。キスしたかったが、キスなんかすると、刺激が強すぎて暴発させそうだ。

「ああっ、い、いいっ……ああ、課長っ」

由布子が締めてくる。

柏田は強烈な締め付けに耐えつつ、まとわりつく肉の襞《ひだ》をえぐるようにして、突き上げ続ける。

駄目だ、もう出しそうだ。一度出したら、二度目はないと思った。

嫌だ。もっと、由布子の媚肉を感じていたい。

「あっ、ああっ……課長っ」

由布子の美貌が迫っていた。柏田は引き寄せられるように唇を奪っていた。舌をからめた瞬間、暴発させていた。

どくっ、どくどくっ、と大量の飛沫が噴《ふ》き上がった。

「あ、ああ……すごい……たくさん……」

脈動するたびに、あっ、と声をあげて、由布子が裸体を震わせた。

5

日曜の午後、柏田はいつもと変わらず、郊外のショッピングモールのフードスペースにいた。

フロアの中のテーブルには、妻の友美、長男の一樹、次男の幸司が座っている。

クレープ屋に向かう若い女の生足に、柏田の視線が引き寄せられる。ショートパンツから伸びている白い足は、とても魅力的だった。

柏田の脳裏で、白い足が真鍋由布子の足へと変わる。

由布子もあの足と負けないくらい、すらりとした綺麗な足をしている。

そして、なんといっても、太腿の触り心地が素晴らしかった。

柏田はフードスペースを見渡す。いつもと変わらず、家族サービス中のおやじたちがたくさんいる。

おまえたち、見ているだけだろう。俺は、見ているだけじゃなくて、触ってもいるぞ。

いや、そうだろうか。

このフードスペースに馴染みきった顔をしながら、平日の夜には、洒落た飲み屋で若い子と飲んでいるおやじもいるのではないか。

いや、おやじたちだけではないぞ。生活感あふれる奥さん連中だって、わからないぞ。

俺の妻だって、と思わず、じっと見てしまう。すると、正面に座って焼きそばを食べていた友美が、はっとした表情を見せた。

今の表情はいったい、なんなのだろう。

まさか、妻が浮気を……いや、それはありえないだろう。

いや、俺だって、端《はた》から見れば、浮気などありえないおやじにしか見えないはずだ。でも、若い部下とよろしくやっている。

柏田は妻を見つめ続ける。

友美の表情がやはりおかしい。柏田と目を合わせようとしない。なにかあるのか。まさか……。

うそだろう。考え過ぎだ。

妻に限ってありえない……いや、そうだろうか……。

柏田はまわりを見回す。ほとんどが家族連れだ。おやじとおばさんだ。

でも、なにかあるかもしれない、と思って見回すと、どの夫婦も怪しく見えてくる。

「どうしたの？　なんか顔色悪いよ」

と一樹が聞いてきた。

「そうかい」

「本当だ。どうしたの？」

と幸司まで聞いてくる。

けれど、友美は聞いてこなかった。どうしたんだよ、聞いてくれよ。

もしかして、俺の浮気がばれたのでは。

そうなのか。友美が浮気をしているのではなく、俺の浮気がばれただけなのかもしれない。

浮気とはいっても、エッチはまだあの夜の一度だけなのだ。二度目にいく前に、もう、ばれてしまったのだろうか……。

日曜の午後、郊外のショッピングモールのフードスペースで、柏田は一人悶々《もんもん》としていた。

若い子の太腿を見るだけの方が幸せだったのか、太腿に触ってしまったゆえに、悶々としている今が幸せなのか……。

奥様、セーラー服をどうぞ

館 淳一

著者・館《たて》 淳一《じゅんいち》

一九四三年北海道生まれ。日大芸術学部放送学科卒業。芸能記者、別荘管理人、フリー編集者を経て、七五年ハードバイオレンス小説『凶獣は闇を撃つ』で衝撃デビュー。一七〇冊以上の作品を上梓。近著に『危険なレッスン』『十字架の美人助教授』などがある。

1

「ミナ、今いい？　……ちょっと訊《き》きたいんだけど、高校は夢見山《ゆめみやま》学園だったよね？」

　小さなバーを経営している梁橋冴子《やなはしさえこ》から携帯に電話がかかってきた。

　冴子は美奈江《みなえ》の家庭の事情をよく知っているから、食事の支度《したく》で手が離せない時間帯には連絡してこない。

「そうだけど……、どうしたの？」

「うん、こないだチラッと話したでしょう。『怪しい者です』って男のこと」

「ああ、アダルトビデオのプロデューサーという人ね……？」

　ある日、彼女の店でアダルトビデオ作品の撮影ができないかと交渉にきた男がいた。それは断ったのだが、以来、彼はちょくちょく店に顔を出すようになった。名前は宇賀神《うがじん》という。

　彼が自己紹介する時は決まって『私は怪しい者です』と言うので、冴子はそれを面白がって教えてくれたのだ。

「そうなの。その彼が、撮影のために夢見山学園の制服を探してるって言うのよ。あなたのことを思い出して電話してみたわけ」

店から電話しているに違いない。ジャズボーカルが流れている。たぶんナンシー・ウィルソン。

——冴子と美奈江は短大時代のクラスメートだった。

二人ともチアリーディング部にいて、その関係で仲良くなった。卒業後、そろって都心の企業に就職しOL生活を二、三年経験してから、たまたま同時期に寿《ことぶき》退社した。

結婚式には招待しあったが、なぜか冴子のほうから消息は途絶《とだ》えてしまった。

一年前、冴子が同窓会に出席し、二人は十数年ぶりに再会した。どちらも三十九歳になっていた。

美奈江が消息が絶えていた間の事情を問うと、冴子はうっすら笑って答えた。

「亭主が脱サラして事業を始めたら見事にコケて借金の山。いろいろあって、とてもあなたに連絡できる状況じゃなかったのよ。ごめんなさい」

家庭を支えるために水商売の世界に飛びこんだ。ホステスで家計を支えるほどのみじめな状況を誰にも知られたくなかったのだろう。

「ようやく借金の返済もメドが立ったので、亭主とは離婚したの。今じゃバーのママよ。バーと言ったってショットバー」

それを聞いて、美奈江もかつての級友たちに打ち明けていなかったことを言える勇気が出た。

「それは偶然ね。実は私も離婚寸前。別居ちゅうなのよ。女の問題。浮気を繰り返すの」

美奈江は半年前、小学校四年生の息子を連れて婚家を出、夢見山市の実家に戻った。夫は「二度と浮気はしないから」と誓《ちか》っているが、その言葉に三度もだまされた妻は、家裁で調停に持ち込んだ。今は弁護士同士が話しあっている段階だ。

「なーんだ、ミナは夢見山に戻ってたのかあ。実は私のお店は夢見山のサンセット小路なのよ。『クレオパトラの夢』っていうの。ジャズを聴かせるショットバー。カウンターでレコードをかけるだけ。小さいけど気楽な店だから、ちょっと覗《のぞ》いてみてよ」

そう言われて店を訪ねると、古びたイギリスの酒場のような内装が気に入った。客層もよく雰囲気もよいので、いつの間にか週に一、二度は顔を出すようになった――。

「制服のことなんて忘れてたけれど、母はなんでもとっておく人だから、探せば見つかると思う。でも、その制服、どういうことに使うのよ」

同年の熟女はクククと笑った。酒場のママにふさわしく、すこし嗄《しやが》れたような感じのしっとり落ち着いた声の含み笑い。きりりとした美貌《びぼう》の持ち主である冴子は、チアリーディング部の主将もつとめた。若い頃から姐御肌《あねごはだ》という感じだった。

「まあ、アダルトビデオだから、女優がそれを着てエッチなことをするんでしょう。でも二度と着るものじゃなし、かまわないじゃないの。お礼もしてくれるというし」

貸してくれたらクリーニングして返すし、二万円の謝礼をするという。

「えーッ、そんなに⁉」

心が動いた。経済的に困ってはいないが、二万円の臨時収入があれば、たとえば息子に好物のステーキを何度か食べさせてやれる。

「見つかったら連絡して」

母親に尋《たず》ねて探してみたら、納戸の箪笥《たんす》の底から、二十年近くも前に脱《ぬ》いで以来、忘れていた夢見山学園のセーラー服が見つかった。それも冬、夏の二セット。スカーフもちゃんとそろっている。母のもの持ちの良さに感心してしまう。

二十年もたてば、服にしみ込んだ思い出も薄れた。蟬《せみ》が抜け殻《がら》を懐かしむことは無い。

「あったわよ」

「よかった。宇賀神さんは、今夜九時頃に顔を出すって言ってた。制服持って来られる？会ってみなさいよ。面白い人だから」

承諾した。自ら「怪しい者です」と名乗るアダルトビデオ・プロデューサーという人物に興味を抱いていたことも事実だ。

これまでアダルトビデオ＝ＡＶなどに興味は無かったが、まったく違った世界にいる男と会ってみるのも悪くないだろう。そんなふうに思ったのは、後で考えれば、胸中に空白のようなものがあったからだろう。

宇賀神が自分のような四十に近い熟女に興味を示すとは思わなかったが、彼を通じて何か冒険が始まるかもしれないという期待というか予感はあった。

母親にスポーツ塾から帰宅する息子のことを頼み、薄い化粧で八時半頃、家を出た。

2

（どうして二十年前の卒業生が持ってる古い制服が必要なんだろう？）

そんな疑問を抱きながら、美奈江がサンセット小路に着いたのは九時近く。酔客たちがようやく活気づく時刻だ。

『クレオパトラの夢』という店名を記した照明看板にはトランペットのシルエットが描かれ《Ｊａｚｚのかかる店》という文字が付記されている。

大学時代、モダンジャズとは無縁だった冴子が、なぜ自分が開いた酒場をジャズ愛好家向けに設定したのか不思議だったが、それは彼女の恋人がジャズのトランペット吹きだったからだという。

十年以上にわたる夜の世界で、奔放な性格の冴子は何人もの男と関係をもった。そのうちの最後の一人だった。夫と離婚したのは、その恋人が強く冴子を望んだからだった。皮肉なことに、離婚が成立した直後に、恋人の彼は心臓発作を起こし、入院して数日後、亡くなった。

彼の夢は現役を引退したあと、どこか郊外の街でジャズを聴かせる酒場のマスターとなることだった。

死ぬ直前、彼はすでに計画を半分ほど実現させていたと告げた。夢見山市のサンセット小路に知己が経営していたショットバーがあり、それを譲《ゆず》り受ける手続きを進めていた。

「その約束はキャンセルしといてくれ」

死の前日、苦しい息の下で冴子にそう告げてから間もなく、彼は意識不明に陥《おちい》り、そのまま亡くなった。

「それで、この店に来て前のオーナーに会ったんだけど、雰囲気を私が気に入っちゃったんだよね。彼の遺志を継ぐというほどのこともないけど、私も昼の仕事に向かない体になっていたから、小さな酒場のママもいいかなと思って」

そんなわけで、酒の在庫にいたるまで居抜きで譲り受けた店に、冴子は恋人が使っていたJBLのスピーカーと真空管アンプと数百枚のLPレコードを持ち込んだ。

熟女ママの妖《あや》しくも眩《まぶ》しい魅力のせいか、店の経営は順調なようだ。今は店の近くにアパートを借りて暮らしている。

どうやら、店を譲ってくれた前のオーナーが今の恋人になっているらしい。とはいえ相手に妻子がいるのか、おおっぴらにはしていない。美奈江も詳しいことは知らない。

――トランペットのシルエットが浮き彫りになった木のドアを開けると、タバコの煙と一緒にMJQの『大運河』のサウンドが彼女を包んだ。

「いらっしゃい」

カウンターの中から冴子が迎えた。今日は黒い絹のドレッシーなブラウス。下は深くスリットの入ったタイトスカート。いつものように黒ずくめの服装。

店はウナギの寝床《ねどこ》のように細長い。ドアを入ると右手がカウンターで六つのスツールが並ぶ。その奥に四人掛けのテーブルが一つ。つまり十人で満員になる。

客はテーブル席に二人。常連の大学生カップルだ。そして初めて見る男が一番奥のスツールに腰かけ、ハイボールのグラスを手にしていた。年齢は三十代半《なか》ば。美奈江より少し下ではないか。

「こちらが宇賀神さん。こちらが野沢《のざわ》美奈江さん。間もなく姓が変わりそうだけど」

冴子が紹介する前に宇賀神は立ち上がっていた。黒っぽいサラリーマンふうスーツ。白いワイシャツ。ネクタイは外している。イケメンと言えないこともない面長《おもなが》の風貌も、七三に分けたヘアスタイルも、異様とか風変わりといったところがどこにもない。結婚するまで勤《つと》めた会社にいた先輩がこんな感じだった。営業マンとして優秀だったが、あまりアクとか個性を感じさせない、明朗快活なスポーツマンタイプだった。

「やあ、初めまして。私は怪しい者です。こういう商売ですので」

手渡された名刺には「アダルトビデオ制作企画」という肩書きに宇賀神忠則《ただのり》と名前が記《しる》されていた。西新宿にあるオフィスの名は『ジューシーミート』。

「お噂《うわさ》は冴子から伺《うかが》っています。怪しい者だと自己紹介するというので、楽しみにして来たんですよ。たしかにご商売は怪しそうですけど、お見かけは全然、怪しくないですね」

「そうですそうです。私はいたってふつうの人間です。やってることが怪しいというだけで。カハハ」

陽気に笑う。歯がきれいで顎《あご》がしっかりしているところが、まず美奈江の気にいった部分だ。タバコを吸わないところも。

美奈江は宇賀神の隣に座り、提《さ》げてきた紙袋からビニール袋に包まれた高校時代の制服を取りだして見せた。

「これが私の着ていたものです。もう二十年も前のものですが、よろしいんですの？」

宇賀神の表情に歓喜の色が浮かんだ。

「いやあ、これぞまさに探していたものです。おまけにスカーフもついている。セーラー服ではスカーフが無いものが多いんですがね……」

「でも、使い古してお尻のところがテカテカしてます。どうしてこういう古いものがいいんですか？」

冴子が作ってくれた薄めのハイボールを啜《すす》ってから、美奈江は疑問を口にした。

「それはクライアントの要望だからです。女優の衣装に異常にうるさくて、二十年以上前の夢見山学園の制服でないとダメだと言い張られるので……」

「はあ？　クライアント？」

意味が分からないで首を傾《かし》げる人妻に宇賀神は説明した。

「私はアダルトビデオの企画を立てて制作プロダクションに売り込むのが商売なんですが、このところ、クライアントの注文を受けて、その人一人だけのために作るビデオの制作というのに絞っているのです。オンリーワン・ビデオと称していますが」

「一人だけのために作るアダルトビデオ……？」

「そうです。たまたまあるビデオを作ったところ、地方に住む金持の老人から『前半は私の好みにぴったりだったけれど、後半が良くなかった。そちらも私の好みに合わせたものを作り直してくれないか。それなりの報酬《ほうしゅう》は出す。ただし一枚だけ、非売品として作ってくれ』と言われましてね……」

宇賀神はその女優にまた頼んで、自分のスタッフと機材を使い、注文主の要望どおりの映像を作り、一枚だけＤＶＤに焼いて渡した。約束どおりの代金、百数十万円が振りこまれ、宇賀神はその半分を懐にした。

「なに、アダルトビデオの制作費は、女優一人だけなら数十万円で出来るのです。たった一枚だけ作るというのであれば、営業販売のコストもかからず、そっちの心配はない。もちろん公表されないものですから修正する必要もない。それで私も考えましてね、薄利多売の薄味の修正作品より、『こういうのが見たい』というお客一人だけの特注濃厚ビデオの制作をやってみようと思ったのです」

「それって、自費出版の本のようなものですね」

「そうです。クライアントがお金を出して自分の満足のためにだけ作る――という点では同じです。インターネットが普及し、どんな種類のＡＶも自由に見られる時代ですが、人の性的な好みというのは誠に多彩でしてね、既成の作品をいくら探しても自分を満足させる内容のものが見つからない人は多いんです。そうなりゃ自分で思いどおりのものを作るしかないけど、それは不可能だ。そういう人のために私が代行して作ってあげよう。それがオンリーワン・ビデオなのです」

「なるほど。じゃあこの制服は、そういう注文主の好みということなんですか」

「そのとおりです。まあかなりのお年のかたなんですが、若い頃、夢見山学園の制服を着た女性と関係があったんでしょうな。自分が特注するビデオ映像のなかで、その制服を女優に着せていろいろエロなことをさせてみたい、それが希望の根本なんです。ですから血眼《ちまなこ》になって探したのですが、当時のデザインの制服がなかなか見つからなくて弱っていました。いや、見つかってよかった」

二十年前の古い制服を押し頂くようにして持参したバッグに収めた宇賀神は、財布をとりだした。

「これは些少《さしょう》ですが謝礼ということで。使用後はクリーニングしてお返しします」

二万円を受け取った美奈江は、こんなことで大喜びしている宇賀神という男が憎めない気持になっていた。

「どうせもう着ることもないんですから、用が済みましたらそちらで処分してくださいな」

「や、それでいいのですか。では、そういうことで……」

とりあえずの用件はそれで済み、それから一時間ほど、美奈江は宇賀神のおごりでハイボールを飲みながら話した。彼の話しぶりは快活で話題に富んでいた。

「宇賀神さんは、どうしてアダルトビデオなんて業界に入られたんですの？」

そう質問してみた。

「いや、もともと私はふつうの勤め人だったのですよ。ただアダルトビデオが大好きで、大学時代、プロダクションが男優を募集しているのを知り、応募したんです。そうしたら『立ち』――勃起《ぼっき》のことです――がいいので女優やスタッフの受けもよくて、卒業してサラリーマンになっても、アルバイトでＡＶ男優を続けてたんです」

勤めた会社は、聞けば誰でも知ってる大企業だった。固いイメージのところで、社員がアダルトビデオの男優としてアルバイトすることなど許すような環境ではなかった。それでも宇賀神が男優として出演し続けたのは、顔をボカしてくれる作品だけを選んで出演していたからだ。もし身近な誰かが見ても分かるまいとタカをくっていたのだが――。

「ところが、ある作品で、見事に会社バレしちゃったんですよ。ボカシが薄かったんですね。私の話しかたや体形や動きのクセを見抜いた職場の人間がいたらしく、ホクロの位置から何から確かめたうえで会社に密告してくれたんです。一発でクビになりました。あはは……」

他人事のように笑ってみせた。結婚して二年めぐらいだったが、おかげで離婚。再就職もままならなかった。

「どうせバレたんなら、アダルトビデオの世界に住みついてやろう、と思いましてね、男優を続けて、そのうち企画や制作をやる会社を立ち上げるまでになりました。男優だけというのは将来性がありませんからね。有名なAV男優も今、それで食ってゆける人はいません」

アダルトビデオは女優の魅力と人気に頼る単体モノと、特別な趣味嗜好《しこう》で客を呼ぶ企画モノに分けられる。宇賀神のプロダクション『ジューシーミート』は企画モノで勝負してきたが、それも限界かなと思う頃、自分ひとりを満足させる作品を作れという客に出会ったわけだ。

アダルトビデオ制作という未知の世界の、そのなかでも特別なジャンルの作品を作っている宇賀神の話は、美奈江をおおいに楽しませた。あっという間に帰る時間になった。

「お送りしましょう」というのを断って、美奈江はタクシーで帰宅した。

「じゃ、またここでお会いできるのを楽しみにしていますよ」

宇賀神はそう言ってくれた。帰宅して入浴するために下着を脱いだ時、パンティの底の部分が異様なほど分泌物で汚れていたのに気づき、夫と別居して半年になる人妻は驚いた。宇賀神や冴子と交《か》わしたかなりきわどい話題に肉体は素直に反応していたのだ。

3

数日して、冴子から電話があった。

「宇賀神さんが、またあなたに何か頼みたいというのよ。会ってやって」

今度は前より化粧を濃いめに、夏の服ももっと肌が露出し体形が見えやすいものにした。大学でチアリーダーやってた時の体形とまではいかないが、年齢にしては引き締まった肉体が美奈江の自慢だった。残念なことに、その肉体を愉《たの》しみ、愉しませてくれる男性がいない。夫との最後のセックスは一年近くも前になる。

だから最近はオナニーの回数が増えた。通販で買い求めたバイブレーターを二個も壊している。

親友の欲求不満を察知している冴子は、どうやら宇賀神と自分を結びつけたい意向のようだ。あのあと一人で飲みに行った時、宇賀神について「男優していたのも巨根の持ち主で、あっちのほうには自信があったからなのよ」とか「相手の女優は演技でなく必ずイカせてたと豪語してた」などと、彼女の好奇心を煽《あお》るようなことを言う。

その日、宇賀神が指定したのは、かなり高級な店がひしめく飲食街の一画、つい最近出来たらしいイタリアン・レストランで、隔離《かくり》されたようなコーナーにテーブルをとってあった。

「撮影はうまくいったのですか」

美奈江が訊ねると、宇賀神は弱ったような顔をして首を横に振ってみせた。

「まあ、どうして？」

「制服は問題ないんです。ただ女優が決まらなくて、そこでひっかかってるんです……」

「というと？」

「こちらで選んだ女優やモデルの資料を集めて見せるんですが『イメージに合わない』と、ことごとくハネられるんです」

「それはわがままなクライアントですこと。でも、最近の女の子なら、お金を出せばなんでもする子がいくらでもいる、っておっしゃってたじゃないですか」

「いえ、若い子じゃないんです。私たちがクライアントに頼まれて探してるのは熟女さんなんです」

「えッ!?」

美奈江は驚いた。セーラー服を用意したのだから、着るのはてっきり若い娘だとばかり思っていた。

「そこらへん、詳しく言えないんですが、このクライアントさんの考える設定はいっぷう変わっていて、熟女の人妻さんがセーラー服を着て、いろいろエッチなことをされる——というものなんです」

熟女ならセーラー服ではなく、たとえば和服とか娼婦《しょうふ》的なランジェリーとか、そういう衣装を望むのが男ではないだろうか。

「そのことで、ちょっと露骨なことも口にしますけど、いいですか」

「かまいませんよ」

——宇賀神がそのクライアントに頼まれたオンリーワン映像の内容は、セーラー服を着た熟女が同年配のカップルにリンチを受けるという、SMモノなのだという。

熟女の二人——AとBは同じ高校で学んだクラスメート。同性愛で結ばれていた。ところがAは、男が出来るかどうかしてBを捨てた。それを恨んだBは、ずっと時間が経《た》ってからAを見つけ、男Cの助けを借りてAを拉致《らち》し、復讐のために痛めつけ、辱《はずかし》める……。

「こんなふうな筋立てなんです。だったら熟女になったAに高校生時代を思い出させるセーラー服を着せる理由も分かるような気がします。精神的な辱めの手段ですね」

「なるほど……。でも、どこからそんな発想が出たのかしら」

「推測するしかないのですが、男Cがクライアントだと考えれば分かるんじゃないですか。実際にBにそそのかされて、彼女の復讐の手助けをしたことがあるんじゃないでしょうか。ひょっとしたらCはかなり若かったのかもしれない。だからその時、彼は強烈な昂《こう》奮《ふん》を味わったことでしょう。その後、AやBに会うことはなかったけれど、その時の行為や情景がクライアントの脳に刻みこまれ、思い出すだけで昂奮するようになった。だから生きてる間に、その時の光景を再現して見てみたいのだと……」

「はあー、そういうことだったら分かりますね。でもお金があるのなら、自分でA、B役の女を集めて実行してみればいいのに」

「それがちょっと……、クライアントのプライバシーに関わるので詳しくは言えないけど、彼は事故にあって体の自由が利かないのです。体もひどく傷ついて、他人に自分を見られることを嫌う」

「そ、そうなの……。じゃあオンリーワン以外に自分の願望を満たす手段は無いわけね」

「そういうことです」

「それじゃA役の女性にこだわるのも分かるような気がする。似てないと昂奮しないわね。具体的に、どういうイメージなのかしら」

「それがですね……、美人は美人なんですが、冴子ママのようなきりッとした、どっから見ても美人という感じじゃなく、どっか童女のようなところがあって、眉《まゆ》が濃いめの、かわいいという感じの熟女さんだというんですよ。それでレズのネコ役じゃないかと閃《ひらめ》いたんです」

パスタにフォークをつけていた美奈江の手が止まった。

「ちょっと待って。宇賀神さん、今夜私をここへ招いてくださったのは……？」

熟女人妻が少し睨《にら》むようにすると、ふいに宇賀神が黙ってしまった。

「どうしたの？」

よくしゃべる男が、珍《めずら》しく口ごもっている。

「実はお店で冴子さんと三人で記念写真を撮ったでしょう。あれをクライアントさんに見せたら、イメージにぴったりだと言うんです。お金はもっと出してもいい。このひとにAの役を頼めないかと」

「そ、そんな……」

今度は美奈江が黙りこむ番だった。本当は「冗談言わないで」と叱りつけて席を立つべきだったかもしれない。

「どうでしょうか」

「困るわ。私、そんなエッチなビデオに出られるわけがないじゃないですか」

「オンリーワンのビデオです。クライアント以外は見ません。ＤＶＤはコピー不可で、なおかつ本人以外が見られない認証システムがついてます。流出などということは起きません。もちろんプロのヘアメイクさんがつきますから、あなただと分からないような工夫はします」

「…………」

「クライアントはギャラとしてＡ役には五十万出そうと言ってます。私はその半分を予定してたんですが」

「…………」

金額を聞いて美奈江は絶句した。

「どうですか」

「……Ｂの役は誰がやるの？」

「元ＳＭの女王さまをやってた人を選んでます」

「Ｃは」

「ええと、それは私です」

「宇賀神さんが？」

「まあ、私は今でも男優ですからね」

実際、先夜、冴子の店で会って別れる時、彼は一枚のDVDを「私の仕事はこんなものですので」と言ってプレゼントしてくれた。オンリーワン作品ではなく、ふつうのメーカー作品だったが、女一人を男二人で犯すというものだった。

自分のノートパソコンで秘《ひそ》かに再生してみて、男優の一人が宇賀神だと知った。ペニスの部分は修正されていたが、それでも冴子の言うとおり、想像以上の巨根の持ち主だと知れた。

内容は、裏切った妻に対する復讐として、夫が二人の男に凌辱《りょうじょく》させるというもので、妻役の女は縛《しば》られ、鞭《むち》打たれ、浣腸《かんちょう》され、女の器官も排泄《はいせつ》器官も犯される。その姿が美奈江の内部に眠っていたマゾ性を覚醒《かくせい》させた。

美奈江は激しくオナニーに耽《ふけ》り、三本目のバイブレーターが壊れてしまった——。

「どうでしょうか」

美奈江の脳裏《のうり》に二人の男に責められ、特に宇賀神の巨根をねじこまれ何度も絶頂を味わう熟女の姿がなまなましく甦《よみがえ》った。パンティの底が熱い液でジワッと濡れるのが分かった。

「どうでしょうか」

しばらく沈黙してから、人妻は答えた。

「分かったわ。誰にも内緒にしてくれるというのなら、やってもいい」

4

撮影は、息子の誠太郎《せいたろう》がスポーツ塾水泳部の合宿で家を空《あ》ける週末が選ばれた。場所は世田谷《せたがや》の住宅街のなかにある貸しスタジオ。見た目は三階建ての二世帯住宅に見えるが、各フロアがすべてスタジオになっている。

宇賀神が借りたのは地下のスタジオで、コンクリート打ちっ放しの殺風景な空間はSM撮影によく使われるという。

見れば天井には木の梁《はり》が走り、チェーンブロックの鎖や滑車がぶら下がっている。太い木の柱が二カ所に立ち、壁には鞭やら縄やらが鉤《かぎ》にかかって、いかにも拷問《ごうもん》用の牢獄めいた陰惨な風景を醸《かも》し出している。

午後一時、近くの私鉄駅までクルマで迎えにきてくれた宇賀神に連れられてスタジオ入りした美奈江は、やはり怖《お》じ気《け》づいてしまった。

「大丈夫。ぼくがついていますからね、後悔はさせません。安心して身も心も委《ゆだ》ねてください。SMで天国に連れていってあげます。出演だと思わず心身のマッサージだと思ってくださいい」

宇賀神は相変わらず説得力のある口調で熟女人妻を安心させる。

美奈江を責めるB役の女は遅れるということで、シャワーを浴び、バスローブ姿の彼女は、宇賀神のスタッフであるメイク係に化粧を施《ほどこ》された。

(えッ、私がこんなふうになるの?)

鏡のなかで変貌してゆく自分の顔に驚嘆してしまった。

それからスタイリストが用意した下着を着ける。白いシンプルなブラとパンティ、それにスリップ。

そして渡されたのが、一足の黒いナイロンストッキングだった。太腿《ふともも》までのガーターストッキングで、一緒に幅広の、フリルがついた赤いバンドのようなものも渡された。金属のバックルが付いている。

「え⁉」

それが靴下留め、いわゆるガーターだと分かるまで少し時間がかかった。ガーターで腿の部分を締めつけるストッキングというのは、美奈江が高校生の時代、もう誰も履《は》いたことがない。

一九七〇年代にパンティストッキングが登場する以前、女たちは太腿までのガーターストッキングを履き、ゴムの組み込まれた環《わ》っか、ガーターでそれを留めていた。ずり落ちるのを防ぐためである。今のようにストッキングそのものにゴムが編《あ》み込まれているようなものは存在しなかった。

「クライアントのご希望です。こういう姿にしてほしいと」

スタイリストが説明した。自分で履いてみて、それを鏡に映して納得した。太腿の白い肌とストッキングの黒いナイロンを隔《へだ》てる深紅のガーター。バックルを調節して締めつけると、白、赤、黒の三色の対比がひどく鮮やかだ。男が何かの拍子にスカートの下にこのような色彩を見たら、ひどくエロティックな刺激を受けるに違いない。

（やっぱりクライアントはかなりの年齢ね。昭和四十年頃に高校生だとしたら、えーと、六十というより七十に近い年齢かしら）

美奈江は頭のなかで素早く暗算した。

下着とストッキングを着けてから、かつてそれを着て登校していた紺のセーラー服を着る。さすがにいろいろな思い出が蘇《よみがえ》った。

「ほう、きれいな熟女女子高生が出来あがった」

Tシャツに短パン姿の宇賀神が控え室に入って、身支度を終えた美奈江を見て感嘆の声をあげた。

「あなたに心理的な負担がかからないよう、スタッフは最小限です。とりあえずスタジオに入ってください。遅れているB役が到着しだい、本番スタートが出来るよう、準備をすませます」

二十畳ぐらいのガランとしたスタジオの真ん中に立たされた。正面の壁には、ドアの大きさの鏡が貼られて、セーラー服を着た熟女の姿を映しだしている。

(不思議ね。今の私が着てもそんなにヘンじゃない。こっけいなコスプレになるかと思ったのに……)

それが意外だった。

「Aはどこかで拉致され、眠らされている間にセーラー服に着替えさせられた、という設定です。最初は目隠しされているので、どこにいるのか分からない状態。では軽く縛ります。両手を後ろに回して」

麻縄の束《たば》を手にした宇賀神が背後に回り、手早く彼女の手首をくり合わせ、縄をセーラー服の上からかけ回した。何度もやっていることなのだろう。手際がいい。そして驚いたことに、後ろ手高手小手というオーソドックスな緊縛《きんばく》は、奇妙な心地よさを伴《ともな》う快感を美奈江に与えた。それは発情を促《うなが》し、愛液がパンティの底を濡らすのが自覚できた。

「吊ります」

頭上からぶら下がっている鎖の先についた鉤をひっぱって手首のところにかけた。

ギリギリ。じゃらじゃら。

滑車を利用したチェーンブロックを操作すると、鉤はどんどん上昇し、美奈江の後ろ手緊縛された体を持ち上げようとしてピンとのびきった。わずかにストッキングを履いた踵《かかと》が、赤いビニタイルを敷いた床から浮いたというところで、宇賀神は鉤の上昇を止めた。乳房の上と下にかけ回された縄がセーラー服の上から肉に食い込んできたが、それは苦痛というほどのものではなかった。

顔を持ち上げると、数メートル離れた鏡のなかに、縛られて鎖で吊られたセーラー服の女がこちらを見ていた。その目は発熱したかのようにとろんと潤《うる》んでいる。それが自分の姿なのだと、すぐには信じられなかった。

「目隠しをします」

感情を殺した声で宇賀神が言い、黒い革でできたアイマスクで顔を覆《おお》った。身動きの自由と視覚を奪われた。

「カメラさん、入っていいよ」

背後のドアが開き、二、三人の足音がいり乱れ、ガタガタと機材が運びこまれる音がした。

「女優さんB、準備OKだそうです」

女性スタッフの声がした。

「了解。じゃあ始めようか。細かく指示しないから、いつもの感覚で撮ってよ。表情の変化を逃さないように」

どうやら二台のカメラで撮影するようだ。

「監督、猿ぐつわはどうしますか」

また女性スタッフの声。宇賀神は現場では監督と呼ばれているのだ。

「お、そうだった。フェラに入るまでは猿ぐつわだったな。ボールで頼むよ」

「はい」

女の手が美奈江の口をこじあけて丸いプラスチックのボールを押し込んだ。宇賀神が出ていたビデオでも使われていたボールギャグだ。これを嚙まされると涎《よだれ》が溢《あふ》れ、ダラダラと垂れっぱなしになる。そんな姿を見られることは放尿を見られるのと同じぐらい恥ずかしいと思って、激しく昂奮したものだが、まさか自分が同じものを嚙まされるとは思ってもいなかった。

これで体の自由と視覚と言葉を発する自由を奪われた。体の奥から溢れる液は、失禁と錯覚するほどだ。

「女優Bさん、入ります」

ドアがまた開いた。宇賀神が雇ったというSMの女王さまがハイヒールの踵をカツカツと鳴らしながら入ってきた。

「お待たせ。おや、もう縛られてる」

その声を聞いた時、美奈江の体に衝撃が走った。

「こちらの準備はOKだよ」

「私もよ」

「じゃあカメラさん以外は出て」

背後のドアが閉じる音。

「打ち合せどおりに。Aをそこからズームしていって、アップになったところでBがフレームイン。いいね。……スタート！」

男優も兼ねる宇賀神《か》が離れてゆく。一度離れたBが、また足音高く近づいてくる。

「ふふ、気がついたかな。自分がどこにいるか分かってるかな。何をされるか分かってるかな」

Bが言いながら手が伸びてきて、セーラー服の上衣の上から、上下に縄をかけられてくびり出された豊かな乳房が、革手袋をはめた手で捕まれ、揉まれた。苦痛が押し寄せて、

「ううう……」

熟した人妻は呻《うめ》き、身悶《みもだ》えした。ダラダラと涎が垂れっぱなしだ。誰にも見られたくない惨《みじ》めな恥ずかしい姿を、いまや二台のカメラが撮影している。

「卒業した時はもっとスリムだったよね。こんなにふっくらして……。それでも高校の制服が着られるというのはたいしたものね」

虐《いじ》めるのが楽しい性格なのだろう、Bは言葉でさまざまになぶりながら全身を撫《な》で回してゆく。博労《ばくろう》が買おうとする馬を検分する時のようにして。

襞《ひだ》スカートがまくりあげられた。

「あらあら、まるでお洩《も》らししたみたい。どうしてこんなになるのよ。縛られてるだけで」

Bの手がまくりあげたスカートとスリップを胸の縄のところに挟んで落ちないようにした。正面の鏡には下半身丸出しの姿が映っているに違いない。静脈を青く透《す》かせた、磁器のように白い透明感のある太腿。そのむっちりした肉を締めつける赤いガーター。爪先《つまさき》までを包む黒いストッキング……。

アイマスクを着けているのに、美奈江はありありと自分の鏡に映った姿を瞼《まぶた》の裏に見ることが出来た。目隠しなど無いかのように。

何か強力な痺《しび》れ薬でも呑《の》まされたかのように、思考力が失せつつあった。子宮が煮え立つように疼《うず》く。それはＢの手がパンティの内側にもぐりこんで、昨夜、ハサミで刈《か》り整えてきた黒い秘毛の叢《くさむら》を掻《か》き分けてゆく指のせいだ。

指は遠慮なく濡れた前庭の粘膜をまさぐり、一番敏感な肉の核粒をさぐり当てる。するどい感覚が脳まで突き上げてくる。

「むうう、うー、うううあう」

ボールギャグを嚙まされている口から涎と一緒に意味不明の呻き声が発せられる。それもすべてマイクで拾われているのだ。

「脱がして」

宇賀神がささやいた。パンティがお尻から引き下ろされた。

「まあああ、ぷりぷりとおいしそうな尻。とてもじゃないけど誘惑されてしまう」

Ｂの掌が臀丘を打ち叩いた。パンパンと小気味よい音が立った。

「いー、あううぐう、ぐぐー」

苦痛が美奈江の全身を躍動させた。吊っている鎖がギシギシと音をたてる。

気がつくとパンティは足先から脱がされていて、下半身はすっぽんぽんだ。黒い逆三角形が正面の鏡に映っているはず。尻を打ち叩かれるたびに揺れる踊る。

ビーンと耳元で震動音がした。バイブレーターが持ち出されたのだ。Bの手がセーラー服のフロントジッパーを引き下ろし、前をはだける。スリップの肩ひもが引きちぎられてブラジャーのカップがずりあげられ、勃起しきった乳首が剝《む》き出しにされた。バイブの先がそれに押し付けられ、強烈な感覚に美奈江の縛られて吊られた体がのけ反《ぞ》った。

「あうー、うぐう、おうう！」

「驚いた。乳首で軽くイッたみたい。どれほど欲求不満なのかね、この人妻さんは」

ふふふといやらしく笑いながら女優Bはバイブを下半身へと滑《すべ》らせた。ぬるぬるした液を大量に溢れさせている肉の亀裂へと。

「おぎゃうう、うぐうあううぐう！」

秘核を刺激されて頭が真っ白になった。しかし責めは続く。濡れ濡れの鞘粘膜にバイブの全長が押し込まれた。振動を最強にされて数秒で絶頂がきた。喉の奥から吠えるような声を噴き上げながら熟女はびんびんと跳ね、すべてを弾《はじ》けさせた。

――ほとんど失神した状態から回復した時、美奈江は鎖から解放されて床に転がされていた。後ろ手緊縛は前手縛りだけにされ、ボールギャグも外されている。身に着けているのは前をはだけたセーラー服の上衣と、赤いガーターで留めたストッキングだけ。クライアントはとにかくガーターを見たいらしい。

髪を掴まれて体を持ち上げ、膝で立つ姿勢をとらされた。真正面に宇賀神が立ちはだかる気配。鼻先に押し付けられたのは彼の勃起器官だった。すごい角度でそそり立っているのが分かった。その巨大なサイズも。

「くわえるんだよ、メス豚さん」

ひどい言いかただと思いながら、くくり合わされた手で勃起した巨根をうやうやしく捧げもつようにし、美奈江は大きく口を開けて、焼けた鉄のように固く熱い器官をくわえこんだ。唇で締めつけると力強い脈動が伝わってきた。

（頬張るのに大変なぐらい。これ、受け入れられるかしら）

心配になるほどのサイズだ。必死になって奉仕する間、Bは乗馬鞭を使って背中と尻を叩いていた。

「…………」

突然、宇賀神が腰を使うピストン運動を停めた。美奈江が舌をからめ、ちゅうちゅう吸っていた肉が引き抜かれる。

ギー。真正面からドアが開く音がした。吹き込んできた風が顔に当たる。

（え、ドアがどこにあったの？）

この部屋のドアは背後だけだった。

(そうか、あの鏡……！)

鏡がそのままドアになっていたのだ。そこを開けて誰かが入ってきた。かすかな軋《きし》み。車輪だ。

(車椅子《いす》に乗っている)

宇賀神はクライアントの身体が不自由だと言っていた。つまりこのSMポルノ劇の発注者は、自分のために繰り広げられる淫《みだ》らなショーを鏡の裏で観察していた。鏡はマジックミラーになっているのだろう。

車椅子が真正面で止まった。衣擦れの音がして、Bが含み笑いをした。

「すごい効果ですね……」

また髪をひっ摑まれて前のめりにされた。それは車椅子に座っている人物の股間に顔を伏せろという無言の命令だ。くくり合わされた両手を伸ばすと、宇賀神の怒張とは比べものにならないサイズで軟弱ではあるけれど、それなりに膨張《ぼうちょう》しつつある器官に触れた。

それは美奈江の口舌奉仕でさらに膨らみ、勃起の角度を高めた。

「う、あうう、ふう、はあああ」

熱烈なオーラルサービスを受ける男が快楽の呻きを洩らし、喘《あえ》ぐ。

「お××こを拡張して」

Bが要請し、監督のはずの宇賀神が従った。立てひざの姿勢から前のめりになっている美奈江の尻を抱えこんで、肉槍の穂先を秘裂にあてがった。Bが強い力で美奈江の体を支えたり持ち上げたりして凌辱の体勢を築いた。ぐいと衝かれ、熱い肉がめりこんできた。

「あう」と声をあげると、フェラチオしている男の手が頭を押さえた。

苦痛を覚えるほどでもなく宇賀神の怒張はすっぽり柔らかい肉におさまった。ゆるやかな抽送が始まる。すぐに美奈江は悟った。これは準備行動なのだと。

「これで大丈夫。最終段階にゴー」

Bが言った。宇賀神は引き抜き、愛液をダラダラと滴らせるままの状態で美奈江の体は二人がかりで持ち上げられた。車椅子の男に背を向ける姿勢で膝に載せられる。巨根で拡張されていた美奈江の秘唇はやすやすとクライアントの怒張を受け入れた。

自由に腰を使えない男のために宇賀神とBが美奈江の体を持ち上げては落とす。それで相対的なピストン運動の快感が味わえる。

「はあ、あう、うう、ううう」

男が呻き、唸《うな》り、かなりの時間がかかったが、最後にうおおと吠えて射精した。

「やった」

「おみごと」

宇賀神とBが賛嘆し褒《ほ》めたたえる言葉を発した。それまでに美奈江は何度かオルガスムスを味わい、透明な液を噴きこぼして未知の男の下半身をびしょ濡れにしていた。

——失神した美奈江が意識をとり戻すと、ベッドの上に横たえられていた。知らないうちにスタジオから運び出されていたのだ。セーラー服は脱がされていたが、黒ストッキングと赤いガーターはそのままだった。

黒いPVCのレオタードに黒いメッシュストッキング、ニーハイブーツというボンデージルックの冴子が親友のあられもない姿を見下ろしていた。その手は親友の秘毛を愛しそうに撫でている。

「宇賀神さんとグルだったのね」

「ごめん。ふつうに頼んだのじゃ断られると思って」

「二人の演技力にはすっかり騙《だま》されたわ。……あの車椅子のクライアントが、冴子の恋人なの?」

「まあね。交通事故で下半身不随になったから、私に店を譲ってくれた。恩を返したいと思っていろいろしてあげるうちに、赤いガーターが欲望を強めることに気がついたのよ。大学生の頃、アンダーグラウンドのSM演劇に出演させられたことがあったんだって。SMプレイを見せるだけの他愛もないものだったけど、そのなかで熟女がセーラー服着て責められるシーンがあって、太腿の赤いガーターが刺激的だった。そのことを話すだけで固くなるから、目の前で同じシーンを再現すればセックスも可能になると思ってね……」

クライアントは成功したら、オンリーワンの制作費とは別に、三人に各五十万円を約束した。計画は成功し彼らは成功報酬を手にいれたわけだ。

「あなたはＳＭの女王もやっていたのね」

美奈江の質問に冴子は頷いた。

「ホステスやってるうち、私に女王さまの資質が備わってるのに気付いた。実は死んだ恋人もマゾで、私に遺産を遺してくれた。女性を責めるのは久しぶりだったけれど、ミナは責め甲斐《がい》のある体の持ち主だわ。気性もみごとにマゾだし」

「いろんなことを教えてくれてありがとう。あのスタジオはまだ使えるの？」

「もちろん。クライアントはまた鏡の裏の部屋に戻って私たちを待っている。宇賀神さんをあなたの体で満足させてあげなきゃ」

「分かった。あなたはどうすれば満足できるの？」

「彼は二度三度平気な人だから心配しないで」

美奈江は親友の手で後ろ手錠をかけられ、嵌《は》められた首輪のリードで、あの地下牢めいたスタジオへ引き立てられてゆく――。

トライアングル

霧原一輝

著者・霧原《きりはら》　一輝《かずき》

一九五三年愛知県生まれ。早稲田大学文学部卒業。関東の地方都市在住。エロスを追求しながらさまざまな文筆業を続ける。「大人の男性が元気になる官能小説」を目指し、たちまち読者の熱い共感を得る。二〇〇六年に『恋鎖』でデビュー。最新作は『熟年痴漢クラブ』。

http://www.kiriharakazuki.com/

1

五月半《なか》ばの土曜日、笠原武志《かさはらたけし》は新人デザイナー須藤有美子《すどうゆみこ》とともに、湯河原《ゆがわら》の温泉旅館に来ていた。海が近くにあり良質な温泉の出る湯河原の、どこか心が休まる町並みや温暖な気候が好きだった。

地元の海の幸《さち》をふんだんに使った夕食を摂《と》り終えて、

「温泉に入ろう。貸切り風呂の予約が取ってある」

タオルをつかんで部屋を出た。貸切り風呂につづく石段を降りていくと、そのすぐ後ろを浴衣《ゆかた》に半纏《はんてん》をはおった有美子がついてくる。

柔らかくウエーブしたショートヘアが似合う小顔のすっきりした美人で、ゴールドのイヤリングが可憐《かれん》さを加えていた。

この前、この旅館を訪れたときは桂木真弓《かつらぎまゆみ》と一緒だった。一年経《た》って、違う女と同じ旅館に泊まることへの若干《じゃっかん》の後ろめたさはあるものの、有美子を自分のものにしたいという欲望のほうが勝《まさ》っていた。

笠原は三十八歳で独身。総合アパレルメーカーのレディス部門『M』のマーチャンダイザー《D》をしている。ブランドの基本コンセプトを定め、そのシーズンのテーマを決めて、デザイナーに発注する。責任は大きいがその分権力もある。

そんな笠原に、二十六歳の新人デザイナーがついてくるのは、男としての魅力というより、その力におもねる部分が大きいのだろう。

露天風呂の脱衣所で浴衣を脱ぎ、笠原は先に岩風呂に飛び込んだ。しばらくして、有美子が手で乳房を、タオルで股間を隠してカランの前にしゃがんだ。

片膝を突き、手桶で汲《く》んだお湯を肩からかけると、色白の肌がお湯を弾《はじ》いて、ひときわ艶《なまめ》かしい。

横から見る乳房はややこぶりの釣鐘《つりがね》形で、生意気そうにせりだしている乳首が有美子の勝気な性格そのものだった。

有美子は太腿《ふともも》の奥をかるく洗って立ちあがり、湯船に入ってきた。

「こっちへ」

呼ぶと、股間をタオルで隠しながら、笠原の隣に身体《からだ》を沈める。

透明なお湯から透《す》けて見える乳房の白さと下腹部のモズクのような翳《かげ》りにどうしても視線が向かってしまう。

「去年はここに真弓さんといらしたんですね」

有美子が夜空に浮かぶ満月を見あげたまま言った。

「……知っていたのか？」

「ええ、一年前に真弓さんから聞きました。自慢そうに話していたから」

桂木真弓は『M』のデザイナーでここ数年は彼女がブランドを支《ささ》えてきた。だが、昨年あたりから消費者に飽《あ》きられたのか目に見えて売り上げが落ちた。

「真弓さんの服が売れなくなったから、彼女を捨てるっていうことですか？」

「……あいつはいい女だ。何事にも一生懸命だ。でも不思議だな、男女の仲っていうのは。どんなにいい女でも四年もつきあうと、胸がときめかなくなる。逢《あ》っていても、心が弾《はず》まない」

「じゃあ、わたしは？」

「有美子と逢っているときは、すごく充実している。いつまでも一緒にいたいと思う……今だって」

首の後ろに手をまわして唇を奪った。柔らかく張りつめた唇を任《まか》せていた有美子が、急に唇を引き離した。

「わたしを、次のシーズンのメインデザイナーにしていただけますか？」

「ああ、そのつもりだ。きみの才能を買っている。その才能を俺が伸ばしてやる」

「……四年前、真弓さんにも同じことをおっしゃったんですね」

「そうだ。いけないか？」

「正直ですね、チーフは。馬鹿がつくくらいに」

有美子は気を許した目を向け、両手を伸ばして裸身を預けてきた。火照《ほて》った肌を感じながらも、有美子を膝《ひざ》の上に乗せて乳房に顔を埋《うず》めた。

実際のところ、乳房は顔が埋まるほど豊かではなかった。だが、直線的な上の斜面を下側のふくらみが持ちあげた男をそそる形をしていた。

頂上で薄紅色に尖《とが》った乳首を舌で上下左右に弾き、口に含むと、

「あうぅぅ……」

有美子はのけぞりながら、笠原の肩に置いた手に力を込める。

乳首を断続的に吸い、お湯のなかで背中から尻にかけて撫《な》でさすると、スレンダーな裸身が震えはじめた。

感じやすい身体をしていた。仕事では、こちらが想像もしなかったユニークなデザイン画を描いてくる。セックスではどうなのだろうと思っていたが、そのセンシティブな感性はセックスでも発揮されるようだ。

太腿の上を揺れ動く尻に刺激を受けて、股間のものが勢いづくのがわかる。

笠原は立ちあがって湯船の縁《ふち》に腰をおろした。咥《くわ》えるように言うと、有美子は素直に従《したが》った。

お湯のなかに半ば裸身を沈め、月に向かってそそりたつものに顔を寄せてくる。手で屹《きっ》立《りつ》を上向かせ、裏のほうに舌を這《は》わせた。

ゆっくりと舐《な》めおろし、そこから触《ふ》れるかどうかの繊細《せんさい》なタッチでツーッと舐めあげてくる。肌が粟粒《あわつぶ》立つような快感に、笠原は天を仰《あお》いだ。

巧《たく》みな舌づかいだった。亀頭部の真裏にあたる裏筋の発着地点を蛇のような舌づかいでくすぐる。その間も、右手で茎胴を握りしめてゆるやかにしごく。

「そろそろ、咥えてくれないか？」

こらえきれなくなって言うと、有美子は立ちあがった。お湯を滴《した》らせた細身だが尻の発達した裸身が眩《まぶ》しい。

「その前にやっていただきたいことがあります」

「えっ……何を？」

「部屋に戻ってから言います」

有無を言わせず、有美子は踵《きびす》を返して湯船から出た。

十畳の和室に広縁がついた部屋で、浴衣姿で二人は向かい合っていた。

「で、やってほしいこととは？」

「今から、真弓さんに電話をしてください」

「真弓に？」

「ええ。彼女に電話をして、今からわたしを抱くって。真弓さんとは別れるって、そう言ってください」

「……無理だ」

「どうして？　チーフは真弓さんとも関係をつづけようって気でしょ？　彼女もまだ『M』のデザイナーだし、怒らせるとマズいですものね」

図星なだけにとっさに言葉が出なかった。

「やはり、そうなんですね。見くびらないでください。わたしのプライドはそんなに安くはないわ」

有美子がきりっとした眉の下の大きな瞳で真っ直ぐに見つめてくる。

新人を大抜擢《ばってき》することになるから、それだけでなびいてくると安易に考えていた。やはり、舐めていたのかもしれない。

笠原は思案を巡《めぐ》らせて、ずるい結論を出した。

「わかった。電話をすればいいんだな」

ケータイを出し、真弓のケータイにかけるふりをして、登録してある自分の家の番号を表示して通話ボタンを押した。もし、有美子が確認をしてきたら、そこで切れたふりをすればいい。

電話が繋《つな》がって、留守電に切り替わった。

「ああ、真弓か。俺だ……どこにいたっていいだろう。今から須藤有美子を抱く。お前とはこれきりだ」

真弓が返すだろう言葉を聞くふりをする間も、有美子はじっとこちらをうかがっている。

「とにかく、詳《くわ》しいことは後で話す。今から有美子を抱く。それだけだ。切るからな」

そう言って、笠原は電話を切った。全身にびっしょりと冷や汗をかいていた。

「すんだぞ」

「ほんとうに彼女にしたんですね？」

「ああ、した」

「月曜日に真弓さんと会えばわかることね」

「聞けばいいだろ」

有美子はうなずいて、浴衣の半帯に手をかけると、衣擦《きぬず》れの音を立てて解《ほど》いていった。

広縁の籐椅子《とういす》に腰かけた笠原の前に、有美子は全裸でしゃがむと、

「さっきのつづきです」

笠原の浴衣をまくりあげて、肉茎を握りしめた。しごきながら、先端にキスを浴びせ、それから頬張《ほおば》ってくる。

柔らかな唇と丹念な舌づかいに、笠原の分身はたちまち怒張《どちょう》した。キュートで才能にあふれ、セックスにも情熱を傾ける。自分の目に狂いはなかった。

有美子は突然立ちあがって、向かい合って置いてあるもうひとつの籐椅子に腰をおろした。両足を肘《ひじ》掛けにかけたので、足がM字にひろがり、太腿と女の恥部があらわになった。薄く煙《けぶ》るような繊毛《せんもう》と鶏頭《けいとう》の花のような肉の唇が目に飛び込んでくる。

「見て、いやらしい有美子を見て」

笠原を真っ直ぐに見て、両手の指を陰唇に添えて開いた。ぬっと現れた赤い粘膜が明かりを反射してぬめ光っている。

それから有美子は片方の手指を唾液で濡らして、クリトリスをなぶりはじめた。一方の指で陰唇をひろげ、あらわになった上方の肉芽をくりくりと転がして、「あああぁ」と首

から上をのけぞらせる。

肘掛けにあげられた足の親指が反《そ》りかえるのを見て、笠原もたまらなくなった。近づいていき、目の前で見せつけるようにいきりたちをしごいた。

有美子は情欲で濡れた目をしごかれる肉棹に向けながら、自らの恥肉をいじっている。

ネチッ、ネチャと音が立ち、抑えきれない喘《あえ》ぎが洩《も》れる。

強い欲望が込みあげてきて、笠原は硬直を口許《くちもと》に押しつけた。すると、有美子はやや前屈《かが》みになって肉茎を頬張る。

初めて身体を合わせるというのに、ここまでする有美子が秘めている女の業《ごう》を思った。

笠原は顔を両側から挟《はさ》み付けて、自分から腰を動かしていた。苦しそうに眉根を寄せながらも、有美子はぴっちりと唇をからめ、そして自らの下腹部に指を遊ばせる。

泡立つ唾液が口からあふれて口角に溜《た》まった。くぐもった声とともに、美貌《びぼう》がゆがむ。

ショートヘアのキュートな美人なだけに、その所作《しょさ》をいっそう淫らに感じた。

(俺はこの女をきっちり育てていけるだろうか?)

自問自答して、できると判断した。『M』の新しいデザイナーはこの女を措《お》いて他にいない。持てる限りの愛情を注《そそ》ぎ込むことだ。そうすれば、女は必ず期待に応《こた》えてくれる。

真弓がそうであったように。

て這わせた。

肉棹を口から抜き去り、ぼうと煙った目を向ける有美子を、籐椅子の座面に背中を向け

「もっと尻を突き出して」

命じると、有美子は座面に膝を突き、背もたれに身体を預けるようにして腰をせりだし

てくる。挿入してほしいときには、女は素直になるものだ。

華奢《きゃしゃ》な上半身と較《くら》べて丸々とした立派な尻だった。合わせ目に息づく肉貝に切っ先をあ

てでぐいと押し込むと、ぬめりを分身がこじ開けていく確かな感触があり、

「うっ……ぁあぁぁぁ」

有美子は声を絞りだし、頭を後ろに反らせた。

彫刻刀で削ったようなくびれから臀部《でんぶ》にかけての見事な曲線に溜息《ためいき》をつきながら、強く

打ち込むと、

「ぁあぁぁ、ぁうぅぅ……いいわ、いい……お腹に突き刺さってくる」

気持ち良さそうに喘いで、有美子はもっと欲しいとでもいうように腰を突き出してく

る。

誰に開発されたのだろう？ 若くして女の悦《よろこ》びを知っているようだ。それ以上のものを

与えないと、有美子は自分を心底《しんそこ》愛してくれないだろう。

有美子を籐椅子からおろし、後ろから繋がったまま移動して、サッシのカーテンを開け放《はな》った。

木立《こだち》が生《お》い茂る庭には外灯が幾《いく》つか点《つ》いているだけで薄闇に沈んでいた。部屋には明かりが灯《とも》っているので、ガラスに二人の姿が映り込んでいる。

「いやっ」と、有美子が顔をそむけた。

「いいから、自分の姿を見なさい」

両手をサッシに突いた有美子は、顔をあげて、鏡と化したガラスに映っている自分を見た。一瞬見とれていたが、すぐに、

「外から見えてしまう」

と、顔を伏せた。庭を散歩している人がいれば煌々《こうこう》と明かりが灯ったこの部屋も、有美子の裸身も見えてしまうだろう。

「かまわない。見せてやればいい」

腰を後ろに引き寄せて、強く叩き込んだ。乾いた音が爆《は》ぜ、「うっ、うっ」と声を洩らしながら、有美子はガラスに突いた指に力を込める。

ガラスに笠原の姿も映り込んでいた。女体の背後で腰をつかうあさましい姿がいやで、目をそらせた。有美子の顔をあげさせて、

「見なさい」

「いやだわ、こんなのいやよ……」

有美子はあらぬ方を見ていたが、後ろから打ち込んでいくと、時々、ガラスに映った自分に目をやるようになった。やがて、視線が止まり、もうひとりの自分を困ったような憐《あわ》れむような目で見ている。

笠原は右手をまわし込んで、乳房をとらえた。自分の乳房が惨《みじ》めなまでに変形していくさまを、有美子は可哀相《かわいそう》とでもいうように見た。

乳首をくびりだしながら打ち込みのピッチをあげると、有美子の目がふっと閉じられた。それから、両肘をガラスに突き、乳房を押しつけながら、尻だけを突き出して高まっていく。

「ぁあぁ、チーフ、ダメ。もうダメ……」

「気持ちいいんだろ?」

「はい……気持ちいい。イクわ、有美子、イクぅ」

「お前を育てさせてくれ、いいな?」

「はい……」

連続して突き、最後に深いところにえぐり込むと、有美子は獣《けだもの》染《じ》みた声を放って、ガラスをつかみながら崩れ落ちた。

2

日曜日、笠原は都内のカフェで、真弓と会っていた。明日には、真弓は有美子と顔を合わせる。その前に事情を打ち明けて、トラブルにならないように策を打っておかなければいけない。

「何なの、急に呼び出して」

真弓がウエーブのかかった長い髪をかきあげて、笠原を見た。急いで化粧をしたせいか肌の荒れが目立っている。三十一歳という年齢だけのせいではなく、デザインの行き詰まりから来るストレスのせいだろう。

つきあいはじめた頃は肌もつるつるで表情も生き生きとしていた。四年の間、『M』のメインデザイナーを務《つと》めてきたのだから、疲労が溜まるのも無理はない。功労者を切り捨てようとしている自分に罪悪感を抱いたが、すでに気持ちは離れてしまっているのだから、それを伝えないほうがかえって不親切というものだ。

「ゴメン、別れてくれ」

深々と頭をさげた。

「……誰かとできたのね。有美子さんね。そうでしょ?」

「……わかっていたのか?」

「それはわかるわよ。で、抱いたの?」

ここははっきりさせたほうがいいと感じた。

「ああ、抱いた」

「そう……」

真弓はふいに立ちあがって、洗面所に消えた。自分が乱れるところを見られたくなかったのだ。おそらく気持ちを整理しているのだろう。

しばらくして、真弓は帰ってきた。白目が赤く充血しているのを見て、泣いていたのだとわかった。

真弓が真っ直ぐに見つめて言った。

「いいわ。別れてあげる。わたしも未練がましくあなたにすがりつくのはいやなの。でも、このままでは気持ちがおさまらない」

笠原は次の言葉を待った。

「今はどうしたら気持ちが吹っ切れるかわからないの。はっきりしたら、あなたに伝えるわ。そのときはわたしの言うことを聞いて」

「……ああ、わかった」

「それから、わたしはまだデザイナーとしての桂木真弓を諦《あきら》めていないの。この秋冬のデザイン、有美子さんと堂々と勝負したいわ。いいでしょ?」

「もちろん。最初からそのつもりだ」

「公平に見てよ」

笠原がうなずくと、真弓は席を立った。キャミソールワンピースの下に穿《は》いたレギンスに包まれたすらりとした足が、こちらを向くことなく遠ざかり、店の外へと消えた。

二週間後の日曜日、笠原は真弓のマンションに呼ばれた。はっきり言わなかったが、こうすれば自分が笠原を吹っ切れるという方法を見つけたようだった。

真弓はベッドルームに面したウォークインクロゼットを指して言った。

「あなたはあそこにいて、これからわたしのすることを見ていてほしいの」

「きみがすることって?」

「そろそろある男が来るから。その男とすることよ。目を逸《そ》らさずに見ているのよ。そうしたら、あなたを解放してあげる」

笠原をウォークインクロゼットに押し込めてピシャリと引き戸を閉めた。上部に嵌《は》め殺しの横に長い窓がついているから、そこから見ていろということだろう。

しばらくすると男女の話し声がして、二人が寝室に入ってきた。椅子に乗り、明かり採《と》りの窓から覗《のぞ》いた瞬間に心臓が凍りついた。

真弓と手を繋いでいるのは、柴崎修一《しばさきしゅういち》だった。まだ二十七歳と若く、今はプロダクト・マネージャーという生産工程の管理をしているが、センスも情報収集力もあり、笠原の後継者と見做《みな》されている男だ。

(柴崎がなぜここに？)

啞然《あぜん》として眺《なが》めていると、真弓がふんわりしたワンピースに手かけて頭から抜き取った。それを見て、柴崎も服を脱ぎはじめた。

(二人はできていたのか？　いつから？)

そんな様子は見えなかったから、できたとしたらごく最近だろう。だいたい真弓は年上の男性が好みであり、これまで柴崎のことなど見向きもしなかったはずだ。

しかも、相手はやがて笠原のライバルとなるだろう男だ。

(当てつけているのか？)

真弓は素早く下着を脱いで、もたもたしている柴崎の前にしゃがんだ。

「脱がせてあげる」

見あげて言って、ベルトのバックルをゆるめズボンを引きおろした。ボクサーブリーフの前が張りつめているのが見える。

「ふふっ、もうこんなに……」

真弓が強張《こわば》りをブリーフ越しにさすった。

「気持ちいい？」

「ええ、まさか真弓さんとこんなことになるとは」

「わからなかった。ずっとあなたを狙《ねら》っていたのよ」

「だけど、真弓さんはチーフの彼女なんじゃないんですか」

「笠原とはとっくに別れているわ。今彼がお熱なのは、有美子さんよ」

「それは何となく感じていました」

「でしょ？　わたしはすでに終わっている男より、将来性のある男に懸《か》けてみたいの。あなたは絶対に笠原を超えるＭＤになれるから」

真弓は見あげて言って、ブリーフを押しさげた。反りながら傘を開いているものは笠原が萎縮《いしゅく》するほどに長大なものだった。

「大きいわね。そう言われない？」

ね？」

「いや、まあ」

「笠原より全然立派よ。頼もしいわ。あなたを笠原をしのぐMDに育てたいの。いいわね？」

返事を待たずして、真弓は唇をかぶせて一気に根元まで咥え込んだ。陰毛に唇が接するまで頬張り、腰に手をまわしてもっと深く咥えられるというように引き寄せる。

柴崎が気持ち良さそうに呻《うめ》いた。

終わりかけているデザイナーにあなたを育てると言われても、複雑な心境だろう。だが、真弓の巧みなフェラチオの前では理性などあってなきがごとしであることは笠原自身が身をもって体験している。

いったん吐き出して、真弓は裏筋を舐めおろし、皺袋《しわぶくろ》にまで舌を届かせた。柴崎の股ぐらに潜《もぐ》り込み、片手を床に突いて上を見ながら、袋から肛門へとつづく道を舐めている。

（そこまでしなくてもいいだろう）

胸の奥がむずむずしてきた。同時に、股間のものが力を漲《みなぎ》らせる。

（俺は昂奮《こうふん》しているのか？）

別れたはずの真弓の行為に昂《たか》ぶっている自分が納得できなかった。

真弓は裏筋に沿《そ》って、屹立を舐めあげていく。斜め上を向いているせいか、窓から覗いている笠原と視線が合った。

その瞬間、真弓がにやっと笑った。

(ああ、当てつけているんだな)

真弓は自分がされたことをそのままやり返そうとしているのだ。復讐に心の炎を燃やしているのだ。

ぞっとして鳥肌が立った。

やがて、柴崎が真弓をベッドに押し倒した。仰向《あおむ》けに倒れた真弓の膝をつかんで押しあげ、太腿の奥にしゃぶりつく。

柴崎が懸命にクンニをしているのがわかる。二十七歳にしてはあまりクンニは上手《うま》くないように思えた。だが、真弓は感受性の豊かな身体をしている。

「ぁあああぁ、あうぅぅ……気持ちいい。柴崎くん、あそこが気持ちいい……あうぅぅ」

手の甲を口にあてて、顎《あご》をせりあげる。そのとき、また視線が合った。

真弓からすでに余裕はなくなっていた。心底から感じているときの眉根を寄せた哀切な表情を見せ、こちらをぼーっとした目で見ている。

その瞬間、何かが身体の奥底で爆ぜた。

（こいつは俺の女だ。俺が女にしたんだ）

だが、今出ていったら、どう弁解したらいいのか。

柴崎が顔をあげて、股間のものを握った。力強くいきりたつものはおぞましい形で臍《へそ》に向かっている。

（あんなもので貫《つらぬ》かれたら……）

真弓が長大な肉柱を怯《おび》えたように見て、こちらに視線を投げた。その表情が助けてと言っているように見えた。

柴崎が切っ先を押し当て、突入体勢に入った。次の瞬間、笠原は椅子から降りて、ウォークインクロゼットのドアを開け放った。

突然飛び出してきた笠原を見て、柴崎が目を剝《む》いた。

「何をしているんだ。どけ！　帰れ！」

怒声をあげると、柴崎はいったい何が起こったのか理解できないという顔で、衣服をつかんで部屋を出ていく。やがて、玄関のドアが強く閉められる音が寝室まで響いてきた。

嫉妬に似た激情はおさまらなかった。

「どういうつもりだ？　舐めてるのか！」

「どうって、見てのとおりよ。どうして邪魔をするのよ」

「うるさい！」

ズボンとブリーフを脱いで蹴飛《けと》ばし、ベッドにあがった。真弓を押し倒して、肩をまたぐようにして膝を突き、いきりたつものを口許にぐいぐい押しつける。

「咥えろよ、コラッ」

「やめて……うぐ」

上体を前に屈ませて、肉の塔を唇の間に押し込んだ。そのまま下の口を犯す要領で腰を打ち振った。

苦しげに顔をゆがませる真弓の口を、おぞましいほどにいきりたつ肉の凶器が辱《はずかし》めている。

喉奥を突かれて、真弓は苦悶《くもん》の色を浮かべて、うぐっ、うぐっと横隔膜《おうかくまく》を震わせる。よほど苦しいのか、手足が伸びて断末魔のように痙攣《けいれん》している。

「柴崎なんかに抱かれるんじゃない。わかったか？」

真弓が涙でにじんだ目でうなずいた。

立ちあがって下半身にまわり、膝をすくいあげながら肩に担《かつ》いだ。ねじこんでそのまま前に体重をかけると、真弓の裸身が腰のところから二つに折れ曲がった。

全身を稲妻が貫いていた。思いを乗せてぐさっ、ぐさっと上から打ちおろしていく。

尻が持ちあがり、性器の角度がぴったりと合った女膣を猛々《たけだけ》しいものが深々とうがち、

「あああぁ、うれしい……もっと、もっと真弓を愛して！」

真弓は両手を上に伸ばして、笠原を求めてくる。

「勘違《かん》いするな。お前などもう愛していない。ただ、懲《こ》らしめてやりたいだけだ」

「いい、それでもいい。真弓を懲らしめて」

「しぶとい女だな」

愛情とは別物の何かが、笠原を駆《か》り立てていた。

鉄槌《てっつい》を打ちおろすように叩きつけると、奥のほうの扁桃腺《へんとうせん》のようなふくらみが亀頭冠にまといついてきて、体のなかで溶岩流がふつふつと音を立てて煮立った。

子宮の壁さえ貫きたかった。女体を串刺しにしたかった。

「イクぞ」

「ああ、ちょうだい。イクわ、イキます。武志、かけて。いっぱいかけて！」

笠原は唸《うな》りながら打ち込んだ。徐々にピッチをあげて、とどめとばかりに深いところに届かせると、

「イクぅ……はうっ……！」

真弓は表情が見えないほどにのけぞりかえった。駄目押しとばかりにもう一太刀《ひとたち》浴びせ

たとき、笠原にも至福の瞬間が訪れた。

3

結局、笠原は真弓を切ることはできなかった。真弓の奸計《かんけい》にまんまと嵌められたのだ。笠原が最も脅威《きょうい》を感じているのは、柴崎のセンスだった。一度柴崎にMDの真似事をさせたら、こちらがたじろぐような斬新《ざんしん》な服を作り上げた。おそらくそれを真弓も覚えていて、柴崎を誘惑し笠原に脅《おど》しをかけたのだ。

真弓はデザインの基礎はしっかりしているから、そこに柴崎のセンスが加わったら、『M』での自分の立場は危うくなる。それをふせぐためにも、真弓を自分のもとに繋ぎ止めておく必要があった。

笠原は秋冬もののシーズンに向けてMDの仕事をつづけながら有美子を抱き、そして真弓とベッドをともにした。

有美子には真弓とは切れたと言ってあるが、それでも何かを感じるのだろう。有美子と真弓は表面上ではお互いに敬意を払いつつ、内面では火花を散らしていた。

笠原と二人きりになると、有美子も真弓も「あの人、こうなんだから」と相手をそれとなく非難して同意を求めた。笠原がそれは違うのではないかと意見すると、むっとして冷たい目をした。

秋冬もののデザインに関しては、有美子のものを六割、真弓のデザインを四割使った。二人は不満をあらわにしたが、決して男女の感情に流されて決めたわけではなかった。ビジネスはビジネス。ドライに割り切ってセレクトしたつもりだ。

多忙な時期が過ぎて、会社も一息をついていた。そんなとき、有美子に「この前の旅館に行きたい」とねだられて、笠原は旅館を予約した。

蛍《ほたる》狩りの季節だった。

当日、二人は坂道の途中にある旅館で早めの夕食を摂り、坂道を降りていく。緑の多い公園を走る渓流に橋が架《か》かっていて、そこに人が群がっていた。

「行こうよ」

浴衣に半帯を締めた有美子が、身を寄せてくる。人の群れをかきわけるように橋の欄干《らんかん》に近づくと、暗く沈んだ渓流から無数の黄色い光がふわふわと漂《ただよ》っているのが見えた。

「……きれい」

有美子が左腕にすがりついてきた。

胸の弾力を感じながら、笠原もゲンジボタルの光の饗宴《きょうえん》に見とれた。ふわりと浮かんだ小さな人魂のような光が急速に上昇したかと思うと、横に流れる。木の葉に止まっていた光がゆっくりと水面に向かって降りていく。

その頼りなげではかなげな飛び方が、日本人の無常観を揺さぶるのだろうと思った。

一匹の蛍が近くの欄干に止まって、光を点滅させている。有美子と顔を見合せて、笠原は右手をそっと伸ばした。

体温を感じたのか、その蛍が指に這いあがった。薄暗がりに沈む手のひらを、頭部が赤く胴体が黒い小さな生き物が光を点滅させながら、まるで手相を見るように生命線に沿って這いあがってきて、手首のところまで来ると音もなく飛び立った。

ふいに、女の声が聞こえた。

「今の蛍、わたしみたいね」

振り返ると、浴衣姿の真弓が立っていた。その横には柴崎がいて、申し訳なさそうに笠原を見ている。

「どうしてここに？」

「ゴメンなさい。わたしが今日のこと話したの、真弓さんに」

有美子がぽそっと呟《つぶや》いた。馬鹿なことをしてと思ったが、笠原の女は自分であることを主張したかったのだろう。

「また後で会うかもしれないわね。わたしたち、同じ旅館に泊まっているから」

真弓がこれみよがしに柴崎の腕に身を寄せた。有美子をぴたりと見据《みす》えて言った。

「蛍って一年近く這いつくばって生きてきて、光り輝けるのはせいぜい二週間なのよ。まるでわたしたちみたいね、有美子」

有美子がどういう意味とでもいうように、笠原を見た。

「わからないの。あなただってデザイナーとして輝いていられるのはわずかな時間ということよ。いずれこの男に捨てられるのよ、ボロくずみたいに……行きましょ」

真弓は柴崎の手を引いて、橋を渡っていく。有美子が笠原の手を握った。

「……大丈夫よね、わたしは」

「ああ、有美子はそのうちに自分のブランドを立ちあげられるまでになるさ。ブランド名でも考えておくんだな」

言うと、有美子は安心したように肩に頭を預けてきた。

旅館の部屋で、笠原は有美子の若くしなやかな肢体《したい》を貪《むさぼ》っていた。

十畳の和室には布団が二組敷かれていて、真っ白なシーツの上に仰臥《ぎょうが》した笠原の胸板を、女の細くて薄い舌が這っている。

皮膚が粟粒立つような愛撫に身を任せながらも、笠原の脳裏《のうり》からはさっきの橋での一件が離れなかった。

(真弓はどういうつもりだ、俺への宣戦布告のつもりなのか?)

気持ちが乗っていないことがわかったのだろう、

「もう、やめる」

有美子は愛撫をやめて横になり、笠原に背中を向けた。くびれた腰からつづくうねりあがるような臀部が行灯《あんどん》風スタンドの明かりにほの白く浮かびあがっている。

「真弓さんのことを考えているのね」

「いや、そうじゃない。有美子のブランド名を考えていた」

「ウソ!」

「ウソじゃない」

笠原は背後からバナナの房のように体を寄せて、乳房をつかんだ。柔らかな肉層の頂上で小さな突起がいたいけにしこっている。

「あうぅぅ……」

乳首をまわし揉みすると、抑えきれない声が洩れた。その手を脇腹にすべらせ、尻の谷間に届かせる。

そこはすでに潤《うる》みきり、亀裂に沿ってなぞると、じりっ、じりっと腰が揺れはじめた。最初に抱いたときから感受性の豊かな身体だったが、肌を合わせるごとに性感が花開き、今では、笠原とのセックスを想像しただけで濡れてしまうのだと言っていた。

笠原は背後からいきりたつものを導《みちび》いて、双臀の狭間《はざま》にあてた。上体を離し気味にして腰を入れると、それが女体の温かみのなかに吸い込まれていく。

「うあっ……」

有美子はもっと奥まで欲しいとでもいうように尻を突き出して、自分から腰を揺すった。

笠原もそれに合わせて、突きあげてやる。

「うっ……うっ……ああ、悔しい……ずるいよ、ずるい」

「そんなに言うなら、やめるぞ」

「ああ、それはいや。つづけて」

笠原は繋がったまま有美子をうつ伏せにさせ、後ろから突き刺していく。腹這いになった有美子は尻だけを懸命に持ちあげている。豊かな尻たぶを押し込めるようにして下腹部をせりだすと、有美子は鳩《はと》が鳴くような声をあげて、頭上の枕の縁を握りしめる。

「気持ちいいか？」

「はい……蕩《とろ》けそう」

「俺についてくるか？」

「はい……ついていきます」

尻たぶのたわみと女体の温かみに、笠原も次第に夢中になっていった。

腰をあげさせて、獣の体位で後ろから貫いた。有美子の放つ声がさしせまったものに変わったとき、入口のドアが開いて人が入ってくる気配がした。どうやら施錠するのを忘れたらしい。

ぎょっとして見ると、浴衣姿の真弓が立っていた。

「いいのよ。そのままつづけなさい」

二人の情交シーンを醒《さ》めた目で見て、真弓が言い放った。

「いやっ」

と有美子が前に倒れて、布団をかぶった。

「どういうつもりだ！」

「あなたに教えたいことがあって、わざわざ来てあげたのよ」

真弓はずかずかと部屋にあがり込んできて、有美子がかぶっていた布団を剥《は》いだ。

「何するのよ！」

蓑虫が蓑《みの》を脱がされたように裸身をさらされた有美子が、手で胸を隠して、真弓をにらみつけた。

「あなたはこの女に騙《だま》されていたのよ」

真弓が刺すように有美子を見た。

「……どういうことだ？」

「この女、柴崎とできているのよ」

「えっ……？」

「わからないの？」

真弓はきりきりと有美子をにらみつけて、この女は元々柴崎の恋人で、今も柴崎の女なのだと言った。

「ほんとなのか？」

「そんなはずないじゃない。この女がわたしたちの仲を引き裂こうとしているのよ」

有美子が必死の形相《ぎょうそう》で訴えてくる。真弓が有美子を見おろして言った。

「なんなら柴崎をここに連れてきましょうか？　彼はすべてを白状したわ。有美子がうちのメインデザイナーになったら、あなたを引退させて代わりに自分をＭＤに抜擢する裏工作がしてあるんだって。それまでは、柴崎はあなたたちの仲を我慢するらしいわ」

「……柴崎が自分で言ったのか？」

「ええ。わたしが会社を辞《や》めるって言ったから、ついつい打ち明けたくなったんじゃないの。わたしがあなたを憎んでいることは知っているから。彼はセンスはあるけど、こんな絵図を描ける男じゃないから、彼を操《あやつ》っているのは、この女なのよ」

世界が引っくり返ったようだった。

「ほんとなのか？」

「だから、ウソだって」

「わかったわ。柴崎を連れてくる」

真弓が踵を返した。

「ちょっと待って」

有美子が真弓を呼び止めた。

「何よ？　身に覚えがないなら、どうってことはないでしょ？」

言われて、有美子が押し黙った。

「出ていきなさい。柴崎のところに行きなさい。『紫陽花《あじさい》の間』だから……早く！」

真弓が置いてあった浴衣を投げると、有美子はそれを急いで着て、逃げるように部屋を出ていく。

笠原は呆然として布団に座り込んでいた。今起こったことを現実だと認めることがつらかった。

「俺は騙されていたのか、有美子に？」

「そうよ。前からどうもおかしいと感じていたから、さぐりを入れたのよ」

真弓は半帯を解いて浴衣を肩から落とした。熟《う》れた女体がスタンドの灯にほの白く浮かびあがる。

ウエストがくびれた裸身は女のやさしさと豊かさをたたえて、艶かしい官能美を放っていた。

「前から言っているでしょ？　あなたにはわたししかいないって。あの二人を追い出して二人で『M』を成長させましょ」

真弓が身を預けてきたので、笠原は後ろに倒れた。仰向けになった笠原の胸板に、真弓はぴたりと頰を寄せる。

「わたし、しばらく外国に行って向こうのファッションを盗んでくる。マイナーなところのね。それをちょっと変えれば問題ないでしょ。わたしに任せて」

真弓はついばむようなキスを浴びせながら、下半身へと移動していく。

「ふふっ、さっきはあんなに元気だったのに……わたしが大きくしてあげる」

微笑《ほほえ》んで、肉茎に舌を走らせる。

だらんとした芋虫《いもむし》には有美子の愛蜜が付着しているはずだ。それを厭《いと》わずに、女の蜜を舐めとり、代わりに自分の唾液をまぶしこむ。

笠原はいまだ昼と夜が引っくり返ったようなショックから抜けきれないでいた。それでも、真弓の馴染《なじ》んだ舌技を感じると、下腹部の肉茎が力を漲らせる気配がある。

真弓が上から唇をかぶせてくる。根元を握りしごかれ、亀頭冠を中心に唇を勢いよくすべらされると、意思とは裏腹に分身がいきりたった。

空虚な眼差《まなざ》しで天井を眺めながら、うねりあがる愉悦《ゆえつ》に身を任せた。下腹部を満たす快感はどこか惨めさをともない、慟哭《どうこく》したくなるのをぐっとこらえた。

はつゆき

睦月影郎

著者・睦月《むつき》影郎《かげろう》

一九五六年神奈川県生まれ。『おんな秘帖』で時代官能の牽引役となり、その後も次々と作品を発表、今最も読者を熱くする作家である。作品に『おしのび秘図』『ふしだら曼荼羅』『ほてり草紙』『ごくらく奥義』など多数。近著に『きむすめ開張』（祥伝社文庫）がある。

1

「あの、夜分に済みません。お隣の小野《おの》ですけれど……」

チャイムが鳴り、続けて弱々しいノックが聞こえて祐二《ゆうじ》が返事をすると、ドアの向こうから女性の声がした。

時計を見ると午前一時。

こんな時間に何だろうと思ったが、何しろ隣人の小野美奈子《みなこ》は、祐二が日頃から憧れ、親しくなりたいと思いながらオナニー妄想でお世話になっている美人ＯＬだから、彼は急いで立ち上がった。

中江《なかえ》祐二は十八歳の浪人である。今日も受験勉強を終え、そろそろオナニーして寝ようかと思っていた矢先だった。

今夜は冷え、窓の外には雪がちらつきはじめていた。

ここは中野《なかの》区にあるワンルームマンション。祐二は千葉の実家からの仕送りで、昼間は予備校に通っていた。ベッドと学習机と本棚、小型テレビに冷蔵庫だけの殺風景な部屋である。

自炊しているが、掃除はあまりせず、滅多《めった》に風呂にも入らず無精して机に向かっていたが、どうにも性欲ばかりが増大し、日々悶々《もんもん》としていた。

もちろん童貞で、ファーストキスの経験すらなく、とにかく今春こそ大学に受かったら青春を謳歌《おうか》しようと思っていた。

隣人の小野美奈子は、二十代半ば。セミロングの黒髪が清らかで、鼻筋が通り眼のぱっちりした美女だ。

毎朝決まった時間にマンションを出て、ほぼ定時には帰宅するが、金曜の夜は仲間と飲んでくるらしくて遅くなる。

たまにドアの前で行き合ったときには挨拶する程度だが、祐二にとって今は彼女が最も身近な女性だから、何かと隣室の物音に耳を澄ませ、妄想でお世話になっていた。

美奈子のトイレの音は聞けないものか、オナニーの喘《あえ》ぎ声はしないものかと壁に耳を押し当て、彼女が出したゴミ袋を熱烈に欲しいと思ったことも一度や二度ではないが、やはり見つかったらと思うと勇気が湧かず、まだ果たしていない。

年齢からして処女ではないだろうが、男が訪ねてくる様子もないし、友人を呼んで騒ぐようなこともない。実に真面目で大人しい女性という印象だった。

その美奈子が、深夜にいきなりチャイムを鳴らしてきたのである。

魚眼レンズから覗くと、確かに美奈子の整った顔立ちがあった。

祐二がロックを外してドアを開けると、美奈子はほっとした表情を浮かべ、白い息を弾ませた。

髪は雪に湿ってきらめき、頰《ほお》は青ざめて唇も血の気を失っていた。

「済みません。お部屋の鍵《かぎ》を失くしてしまって……」

「あ、そうだったのですか。どうすればいいかな、とにかく中で温まってください」

祐二が言うと、美奈子もすぐに頷《うなず》いて中に入ってきた。一人暮らしの男の部屋に入るのにも躊躇《ちゆうちよ》しないのだから、相当に凍《こご》えていたのだろう。それに、社会人の彼女から見れば、祐二はまだ子供に思われているのかもしれない。

「申し訳ありません、こんな時間に。灯りが見えたものですから……、わあ、温かいわ」

上がり込んだ美奈子は言い、遠慮して部屋の隅に座った。ザーメンの混じった不潔臭のする密室でも、彼女にとっては地獄で仏だったらしく、凍えた手をこすっていた。

とにかく祐二は、ヤカンもないので日頃インスタントラーメンを作る手鍋に湯を沸かしてインスタントコーヒーを淹《い》れる準備をし、入るかどうか分からないが、バスルームに行って湯を溜めはじめ、トイレに入って便器の汚れはないか確認した。

「あの、ここで手を温めてください」

祐二が洗面所の蛇口から湯を出して言うと、美奈子も立ち上がってコートを脱ぎ、こちらへ来た。

「有難う。助かります……」

両手に湯を受け、その間に祐二は洗濯済みのタオルを出してやり、キッチンに戻ってコーヒーを淹れた。カップは一つしかないから、自分の分は湯飲みだ。そして彼女が飲んだカップを、後で舐《な》めながらオナニーしようと思い、激しく胸が高鳴ったが、顔は穏やかに接した。

もともと小柄で童顔だし、あまり危機感は抱かれない顔だと自分で思っている。

手を拭いて戻った美奈子は、ようやく落ち着いたように元の位置に座ろうとしたが、床は寒いだろうから学習机の椅子をすすめ、コーヒーカップを置いた。

「済みません、頂きます。中江さんて、とっても優しいのね」

「い、いえ……、それより、どうしますか」

祐二はベッドに座り、急に室内に籠《こ》もりはじめた甘い女のフェロモンに、顔を熱くさせながら言った。

「会社の飲み会で、最後に寄ったスナックを立つとき、お財布を落としたみたいなんです」

その財布に、部屋の鍵が付いていたようだ。ここまでは、同僚のタクシーで落として貰ったから、支払いはせず、ドアの前まで来て気づいたらしい。

「お友達に電話したのだけれど出てくれないし、そのうち携帯も電池が切れてしまって」

「ここで充電するといいです」

祐二が言って充電器をセットすると、彼女も自分の携帯を挿《さ》し込んだ。

「でも、この時間ではもうスナックも閉まっただろうし、知り合いも遠いです」

第一、タクシーで行く金もないのだろう。もちろん祐二も、それほどの現金を持っているわけではない。

「合い鍵を持っている人は？」

「横浜の実家だけです。もし、電車賃をお貸し頂けたら明日始発で行ってきますが」

なるほど、スナックは夜まで開かないだろうから、それが一番良いかもしれない。とにかく彼女に、合い鍵を持っているような男はいないようだった。

今日は金曜で、美奈子もだいぶ飲んでいたようだが、寒さと心細さで、すっかり酔いも醒めてしまったらしい。凍えて震《ふる》えながらドアの前でいろいろ考え、祐二の部屋のチャイムを押すまでも、長いこと迷っていたに違いなかった。

「分かりました。では、雪もひどくなっているようですから、今夜はここにいるといいです。僕のことは、信用してくださって大丈夫ですので」

「ええ、有難うございます。もう他に頼る人がいないので、どうかお願いします」

美奈子は言って頭を下げ、

「あの、トイレをお借りします……」

言って立ち上がった。ほぼ室内の作りも同じだから、案内するまでもなく、彼が頷くと美奈子は洗面所脇のトイレに入った。

もちろん祐二は耳を澄ませ、息を殺して物音に聞き入った。

（寒さで、大きい方まで催《もよお》しているかもしれない……）

残り香を嗅ぎたいが、出てすぐ入れ替わりに入るわけにはいかない。

そして彼女は、すぐにもコックを捻《ひね》って水を流してしまったので、用を足す音はろくに聞こえなかった。微《かす》かにペーパーをたぐる音がし、また水音がしたから、どうやらオシッコだけだったようだ。

彼女が出てくるとき何もしていないと、聞き耳を立てていたと思われるので、祐二は立ち上がって押し入れから一組の布団を出して敷いた。まさか、祐二の匂いの染みついたベッドを貸すわけにはいかない。幸い、友人が来たときのためなどに布団は用意しているのだ。

しかも彼は気遣い、なるべく窓際のベッドから離れた床に布団を敷いた。

2

「あ、済みません。何から何まで……」

トイレから出てきた美奈子が言い、敷くのを手伝った。やはり酔いと疲労で、横になりたいのだろう。

そして窓から外を見ると、さらに雪はしんしんと降り、景色も白くなっていった。

「降っているわ。始発、大丈夫かしら」

「ええ……、お隣なのに、入れないのは辛いですね」

美奈子も隣に来て窓の外を眺めて呟き、祐二はまた彼女の甘い匂いを感じて胸を高鳴らせながら言った。

そのとき、風呂が沸いたとのアナウンスが流れた。

「あ、どうぞ、浸《つ》かって温まってください」

「そんな、そこまでご迷惑は……」

祐二が言うと、彼女は恐縮して言ったが、やはり温まってから寝たいだろう。

「でも、せっかく沸かしたのですから」

「じゃ、せめて中江さんがお先にどうぞ」

美奈子に言われ、祐二も頷いて、先に手早く風呂を使うことにした。

洗面所に入り、洗濯済みの下着とジャージを準備してから全裸になり、脱いだ物を洗濯機に放り込んだ。

そして歯ブラシを手に浴室に入り、右手でシャカシャカ歯を磨《みが》きながらシャワーの湯を出し、左手にボディソープを受けて股間と腋《わき》と耳の後ろを重点的にこすった。

両手を忙しげに動かしながら、さらにオシッコをし、自分の部屋に憧れの美女がいることに限りない幸福感を湧かせた。

きっと何も起こらないのだろうが、万一のため綺麗にしておかなければならない。

やがて口をゆすいで全身の泡を洗い流し、バスタブに浸かろうとしたとき、滅多に掃除しない床でツルリと足が滑《すべ》り、膝を嫌と言うほど思い切りバスタブのふちにブチつけてしまった。

「い……！」

祐二は激痛に歯を食いしばり、何とか気を取り直して湯に足を入れた。

「あち……！」

熱湯に顔をしかめ、慌てて温度調節をした。冷める間に、シャワーの湯で床を掃除し、もう一度放尿をしておき、満身創痍《まんしんそうい》でようやく湯に浸かると、今度は激しく勃起してきてしまった。

何しろ、間もなく憧れの美女が全裸になり、この同じ湯に浸かるのだ。彼は興奮しながら、手桶で水面に浮いている恥毛を掬《すく》い取り、汚れがないか確認した。

やっと落ち着いて浴室を出ると、彼女のバスタオルまで洗濯機の上に用意し、身体を拭いて下着とジャージを着た。

そして洗面所を出ると、何と美奈子は、敷かれた布団に横たわり、軽やかな寝息を立てているではないか。

僅《わず》かの間にも、自分の部屋に甘ったるい女の匂いが立ち籠め、美しい寝顔がそこにあるのが夢のようだった。

傍《かたわ》らには、脱いだスーツやスカート、ブラウスやパンストまで置かれている。

してみると、布団の中の身体はブラとショーツだけに違いない。

「お、小野さん……、お風呂に入ってから寝た方がいいですよ……」

「ええ……、今……」

言うと美奈子も目を閉じたまま答え、ノロノロと布団をはいだが、また力尽きて寝入ってしまったようだ。

室内は寒くないので大丈夫だろう。

それよりも祐二は、美奈子の白くムッチリした太腿《ふともも》や、柔らかそうな腹部を見て、どうにも痛いほど股間が突っ張ってしまった。

思わず彼は傍らにあるパンストを手にし、美奈子が目を開けないか注意しながら顔を埋《うず》め込んでしまった。

脱ぎたてのパンストは生温かく、股間の部分にはほのかな匂いがあった。

(み、美奈子さんの、コカンの匂い……!)

祐二は、生身がそこにあるのに、脱いだ物に熱中して温もりを貪《むさぼ》った。さらに爪先《つまさき》の部分を見るとほのかな脂《あぶら》の黒ずみがあり、鼻を埋めると、蒸れた酸性の香りが鼻腔を刺激してきた。

「う……、んん……」

と、まるで美奈子が足指を直《じか》に舐められているかのように腰をよじって呻《うめ》いた。

どうやら安心して身体が温まると、酔いが甦《よみがえ》り、また激しい睡魔にも襲われているようだった。

そして彼女は朦朧《もうろう》としながら寝返りを打ち、ブラの背中のホックを外そうともがいていた。

「これですか……」

祐二は緊張と興奮に声をかすれさせながら言い、外すのを手伝ってやった。指が滑らかな背中に触れ、ホックが外れるとブラが緩み、さらにずらして脱がせると、何とも形良く張りのあるオッパイが露《あら》わになった。

そして美奈子は、ショーツ一枚の姿で身を投げ出し、また軽やかな寝息を立てはじめた。祐二は目眩《めまい》を起こしそうな興奮の中、ショーツまで脱がせてバスルームへ運ぶべきか、自身の快楽を優先すべきか、あるいは目覚めるまで見守るか迷った。

しかし、どうにも欲望が先に立ち、彼は美奈子の美しい寝顔から最も遠い、足の裏に顔を迫らせた。

触れて大丈夫だろうかと、恐る恐る鼻を押し当てると、柔らかくひんやりした感触が伝わってきた。

美奈子は寝入りばなの熟睡で、軽やかで規則正しい寝息を繰り返すだけで、反応はなかった。

とにかく、これが祐二にとって、生まれて初めて女性に触れた記念すべき瞬間であった。その部分が足裏というのも、平凡なファーストキスより誇らしい気がした。

形良く揃《そろ》った指の間に鼻を割り込ませると、そこは汗と脂に湿り、蒸れた匂いが馥郁《ふくいく》と籠もっていた。それは、嗅いだパンストの爪先より淡かったが、何と言っても生身の感激が大きかった。

彼女の寝息の乱れに気をつけながら冷たい爪先を含み、指の股に順々に舌を割り込ませていくが、あまり味は感じられなかった。

やがて両足とも念入りにしゃぶり、そろそろと脚にも舌を這《は》わせていった。

脛《すね》を舐め上げても、体毛のざらつきはなくスベスベとし、さらに太腿はムッチリとして張りがあった。

そして股間を通り越し、息づくオッパイに屈み込んだ。乳首も乳輪も清らかな薄桃色で、胸元や腋からは甘ったるい汗の匂いもほんのり漂《ただよ》ってきた。

美奈子は昏々《こんこん》と眠っている。

祐二は激しく胸を高鳴らせながら、そっと乳首に舌を這わせた。

「う……、ん……」

眠りながら美奈子が呻き、祐二はビクリと硬直したが、すぐに彼女の寝息が平静に戻ったので、また舐め、そっと含んだ。

もう片方も優しく吸い、柔らかな膨らみの感触と美女のフェロモンに酔いしれた。

そして移動し、とうとう美奈子の美しい寝顔に迫った。

こんなに近くで女性の顔を見るのは初めてで、もし彼女が目を開けていたら、眩《まぶ》しくてとても凝視できなかっただろう。

祐二は緊張と興奮に包まれながら、美奈子の唇に近づいていった。

3

（なんて、良い匂い……）

祐二は、半開きになった美奈子の口から洩《も》れる生温かな吐息に陶然《とうぜん》となった。

唇の間からは、白く滑らかな歯並びが覗き、洩れる息は湿り気があり、アルコールの香気がほんのり混じっているが、大部分は甘酸っぱく悩ましい芳香だった。

まずは指でそっと唇に触れたが、反応がないので、恐る恐る唇を触れ合わせてみた。

柔らかな感触が伝わり、果実臭の息が心地良く鼻腔を刺激してきた。

記念すべきファーストキスだ。相手が眠っているので、意志を無視するのはアンフェアではあるが、生まれて初めて女性の唇に触れたことには間違いない。

感激しながらそろそろと舌を差し入れ、唇の内側の湿り気と、滑らかな歯並びを舐めてみた。

するといきなり美奈子が両手を回して彼の顔を押さえつけ、グイグイと押しつけてきたのである。

「く……！」

祐二が驚いて目を見開くと、美奈子もぱっちりと眼を開けて彼を見つめていた。

そして、彼女は祐二を抱きすくめたままゴロリと反転し、たちまち仰向けになった彼の上から、なおも激しく唇を押しつけてきたのである。

一体いつから目覚めていたのだろう。祐二は驚きに混乱しながらも、彼女が咎《とが》めることなく、積極的な行動に出たことに安堵しつつ戸惑《とまど》いも覚えた。

やがて美奈子の舌がヌルリと潜り込み、彼の口の中を舐め回してきた。祐二も、滑らかに蠢《うごめ》く美女の舌を舐め、その柔らかさと生温かな唾液のヌメリに酔いしれた。

美奈子も熱くかぐわしい息を弾ませ、執拗《しつよう》に舌をからめた。彼女の舌を伝い、トロトロと清らかな唾液が注ぎ込まれ、祐二はうっとりと喉を潤した。

ようやく美奈子の力が緩み、そっと唇が引き離された。互いの唇を唾液の糸が結び、彼女が舐めずりすると切れた。

「どうして足なんか舐めるの。汚いのに……」

美奈子が、顔を寄せたまま囁《ささや》いた。では、彼女は最初から気づいていたのだ。

「ご、ごめんなさい……」

「謝らなくていいの」

美奈子は言いながら、そっと彼の股間に触れ、激しく勃起している強《こわ》ばりを確認した。

「脱いで……」

言われて、祐二は慌てて身を起こし、震える指でジャージ上下と下着まで脱ぎ去って全裸になった。

すると彼女も、最後の一枚を脱ぎ去り、祐二を再び仰向けにさせた。

「ひょっとして、初めて……？」

訊かれて、祐二も緊張に息を呑みながら頷いた。

「じゃ、一度出した方がいいかも……」

美奈子は独りごちるように言って屈み込み、彼の股間に顔を寄せてきた。勃起したペニスを見られるのは、祐二には顔が火照《ほて》るほど恥ずかしいものだった。

「大きいわ……、こんなに硬くなって……」

美奈子はそっと幹に手を添えて言い、張りつめた先端にそっと舌を這わせてきた。

「ああ……」

祐二は、夢のような快感に喘ぎ、すぐにも昇り詰めそうになってしまった。憧れのファーストキスのすぐ後に、まさか何年も先の体験だと思っていたフェラチオをしてもらえるなど夢にも思わなかったのだ。

美奈子は舌先でチロチロと尿道口を舐め、滲《にじ》む粘液を拭い取ってくれ、さらに亀頭をしゃぶり、幹を舐め下りて陰嚢にも舌を這わせてきた。

「く……」

二つの睾丸を舌で転がされ、股間に熱い息を受けながら彼は奥歯を嚙みしめて心地良い刺激に呻いた。

「いいわ、我慢せず出しても。その方が落ち着くでしょう」

彼女は袋全体を清らかな唾液にまみれさせ、優しく吸ってから幹の裏側を舐め上げ、今度は丸く開いた口でスッポリと喉の奥までペニスを呑み込んできたのだ。

「アアッ……！」

温かく濡れた口腔に根元まで包み込まれ、祐二は暴発を堪《こら》えて喘いだ。出して良いと言われても、やはり少しでも長くこの快感を味わっていたいのだ。

しかし美奈子は容赦なく、上気した頰をすぼめて吸い付き、内部ではクチュクチュと舌を蠢かせてきた。

たちまち彼の快感の中心部は、美女の温かく清らかな唾液にどっぷりと浸り、絶頂を迫らせてヒクヒクと震えた。

しかも彼女は顔全体を小刻みに上下させ、濡れた口でスポスポと強烈な摩擦を開始してきたのだ。

もう限界だった。

「い、いく……、アァッ……！」

まるで全身が、美女のかぐわしい口に含まれ、唾液にまみれて舌で転がされているような快感に包まれ、祐二はたちまち昇り詰めて喘いだ。

電撃のような快感が全身を走り抜け、溜まりに溜まったザーメンがパニックを起こしたように、狭い尿道口へとひしめき合った。

同時に、ありったけのザーメンが勢いよくほとばしると、

「ク……、ンン……」

喉の奥を直撃された美奈子が熱く鼻を鳴らし、噴出を受け止めてくれた。

（ああ……、女の人の口に出している……）

祐二は快感と感激に身悶えながら思い、申し訳ない気持ちの中で無意識に股間を突き上げ、最後の一滴まで出し尽くしてしまった。

噴出が治まると、美奈子も舌の動きと吸引を止め、亀頭を含んだまま、口に溜まったものを喉に流し込んでくれた。

（アア……、飲まれている……）

祐二は、魂まで吸い取られそうな快感を覚えた。美奈子の喉がゴクリと鳴るたび、口腔がキュッと締まって駄目押しの刺激が得られた。

ようやく全て飲み干した彼女が、スポンと口を離して顔を上げると、そのまま添い寝してきてくれた。

祐二は甘えるように腕枕してもらい、甘ったるい汗の匂いに包まれながら、うっとりと快感の余韻に浸り込んだ。

スベスベの腋の下に顔を埋めると、そこは生温かく湿り、ミルクのように甘いフェロモンが籠もっていた。

「気持ち良かった……？」

美奈子が優しく囁くと、祐二も胸に抱かれながら小さくこっくりした。

「じゃ、急いでお風呂に入ってくるから、そうしたら何もかも教えてあげるわ」

「い、いや、どうか、このまま……」

美奈子が言って身を起こそうとするので、祐二は縋《すが》り付いた。

「どうしたの。出したばかりだから、少しぐらい待てるでしょう？」

「は、初めてだから、自然のままの匂いも知りたい……」

祐二は恥ずかしいのを我慢して言い、鼻先にある乳首に吸い付いた。

「あん……、ダメ……、今日はいっぱい動いたから……」

美奈子は言いながらも、彼が乳首を舌で転がすと、立つのを諦めたようにクネクネと身《み》悶《もだ》えはじめた。

祐二は左右の乳首を交互に吸って味わい、やがて仰向けになった美奈子の柔肌を舐め下りていった。

4

「ああッ……、洗ってないのに、いいの？」

祐二が股間に顔を割り込ませると、美奈子が腰をくねらせながら声を弾ませた。

とにかく彼は美女の内腿の間に腹這いになり、顔を寄せながら興奮に包まれていた。

初めて見る、女体の神秘が目の前にあった。

ふっくらとした股間の丘には、黒々と艶《つや》のある恥毛が茂り、真下のワレメからはピンクの花びらがはみ出していた。

そして内から溢《あふ》れる愛液に、花びらがネットリと潤っていた。

祐二は目を凝らして生唾を飲み、そろそろと指を当てて陰唇を左右に開いてみた。

中の柔肉もヌメヌメと蜜《みつ》にまみれ、下の方には細かな襞《ひだ》の入り組む膣口が息づき、ポツンとした尿道口も確認できた。

さらに上の方には、包皮の下からツヤツヤとした真珠色の光沢を放つクリトリスも、ツンと突き立っていた。

「アア……、そんなに見ないで、恥ずかしい……」

美奈子が、彼の熱い視線と息を股間に感じて喘いだ。

やがて祐二は、吸い寄せられるように顔を埋め込み、柔らかな茂みに鼻をこすりつけて嗅いだ。隅々には、腋の下に似た甘ったるい汗の匂いと、ほのかな残尿臭の刺激も混じっていた。

これが美女の股間の匂いなのだと、彼は激しく興奮しながら何度も深呼吸し、舌を伸ばしていった。

内部に差し入れると、ヌルッとした淡い酸味の潤いが迎え、彼は舌先でクチュクチュと膣口の襞を掻き回すように舐めてから、ゆっくりとクリトリスまで舐め上げていった。

「ああン……、いい気持ち……」

美奈子も顔をのけぞらせて喘ぎ、もう入浴を諦めたように、内腿でキュッときつく彼の顔を締め付けてきた。

祐二は腰を抱え込みながら、クリトリスを舐め回し、美女のフェロモンを貪った。

さらに彼女の腰を浮かせ、白く丸いお尻の谷間にも顔を寄せていった。

谷間には、可憐な薄桃色のツボミがキュッと恥ずかしげに閉じられ、鼻を埋め込むと、秘めやかな微香がほんのりと感じられ、顔中にひんやりした双丘が心地良く密着した。

祐二は美女の匂いを嗅ぎ、舌先でくすぐるようにツボミを舐めると、細かな襞の震えが伝わってきた。

「アア……、ダメよ、そんなところ舐めたら」

美奈子は声を震わせて言いながらも拒まず、舌の刺激にヒクヒクとツボミを収縮させていた。

内部にも舌先を潜り込ませると、そこはヌルッとした滑らかな粘膜だ。

「あう……！」

美奈子が呻き、キュッと舌先を肛門で締め付け、彼の鼻先にあるワレメからは新たな愛液を漏らしてきた。

祐二は舌を出し入れさせるように動かし、充分に美女の肛門を味わってから、再び蜜の滴《したた》りを舐め取りながらクリトリスに戻っていった。

「も、もういいわ、入れて……」

美奈子が声を上ずらせて言うと、祐二も顔を上げた。もちろん舐めている間に、すっかりペニスは回復して元の大きさと硬さに戻っていた。

股間を進め、急角度のペニスに指を添えて下向きにさせ、先端を濡れたワレメに押しつけた。

「もっと下……、そう、そこ……」

美奈子が腰を浮かせて位置を定めてくれると、押しつけていたペニスが急に落とし穴にでも嵌《はま》ったように、ズブリと潜り込んでいった。

あとはヌメリに助けられ、ヌルヌルッと心地よく根元まで呑み込まれた。

「アア……、いいわ……」

美奈子が身を反らせて喘ぎ、深々と受け入れてキュッと締め付けてきた。

祐二は温もりと感触を噛みしめながら股間を密着させ、そろそろと両脚を伸ばして身を重ねていった。

とうとう童貞を捨てたのだという感激と快感に包まれたが、口内発射したばかりなので、辛《かろ》うじて暴発は免《まぬが》れた。

すぐに彼女も両手を回し、ズンズンと股間を突き上げてきた。

それに合わせ、祐二もぎこちなく腰を使ったが、なかなかタイミングが合わず、締まりが良くヌメリが多いので、とうとう勢い余って途中でヌルッと引き抜けてしまった。

「あん……、待って……、下になってみる？」

美奈子が快楽を中断させて言い、祐二も頷いて仰向けになっていった。

入れ替わりに身を起こした美奈子は、彼の股間に跨《また》がって幹に指を添え、先端を膣口に当ててゆっくりと腰を沈み込ませてきた。

再び、ヌルヌルッと滑らかにペニスが柔肉に呑み込まれ、彼女も完全に座り込んで股間を密着させた。

「アア……、いいわ、この方が奥まで当たる」

美奈子が顔をのけぞらせ、形良いオッパイを弾ませて喘いだ。

祐二も膣内に締め付けられ、快感を噛みしめながら内部でヒクヒクと幹を震わせた。

やがて美奈子が身を重ねてきて、彼の肩に腕を回し、柔らかなオッパイも押しつけながら腰を使いはじめた。

肉襞の摩擦が何とも心地良く幹をこすり、溢れた愛液が彼の陰嚢まで生温かく濡らし、次第に動きに合わせてピチャクチャと淫《みだ》らに湿った音も聞こえてきた。

「ああ……」

祐二も下から激しくしがみつき、股間を突き上げて律動を合わせていった。

そして全身に柔肌の感触と美女の重みを感じ、甘酸っぱい吐息に包まれながらたちまち二度目の絶頂を迎えてしまった。

「い、いく……！」

突き上がる快感に口走り、祐二はありったけの熱いザーメンをドクドクと勢いよく柔肉の奥へほとばしらせた。

「あ、熱い……、いっちゃう……！」

奥深い部分に噴出を受け止めた途端、美奈子もオルガスムスのスイッチが入ったように口走り、がくんがくんと狂おしい痙攣《けいれん》を開始した。

同時に膣内の収縮も最高潮になり、祐二は心ゆくまで快感を貪り、最後の一滴まで絞り尽くした。

すっかり満足し、徐々に動きを弱めて力を抜いていくと、美奈子も肌の硬直を解きながら、ぐったりと彼に体重を預けてもたれかかってきた。

名残惜しげな膣内の収縮は続き、射精直後のペニスは過敏に反応し、内部でピクンと跳ね上がった。

「あう……、まだ暴れているわ……」

美奈子は満足げに言って荒い呼吸を繰り返し、祐二もかぐわしい美女の吐息を間近に嗅ぎながら、うっとりと快感の余韻を嚙みしめたのだった。

「入れられていったの、初めてよ……」

美奈子が、彼の耳元で息を弾ませながら囁いた。

どうやら今まではクリトリスへの刺激による絶頂しか知らず、挿入で昇り詰めたのは初めてだったようだ。

「童貞クンでいかされるなんて、思ってもいなかったわ……」

美奈子は言い、いつまでも余韻を味わうように彼自身を締め付け続けていた。

5

（ああ、美奈子さんの匂い……）

祐二は、彼女が入浴している間に、置かれているショーツを嗅いで、またムクムクと勃起してきてしまった。

目立ったシミや抜けた恥毛もなく清潔なものだったが、それでもワレメに食い込んだ縦ジワはあり、鼻を埋め込むと生温かな湿り気とともに、ほんのりチーズに似た芳香が感じられた。

祐二は中心部に鼻を押しつけ、繊維の隅々に染み込んだフェロモンを貪り、お尻の谷間が当たる部分にも執拗に鼻をこすりつけて嗅ぎまくった。

しかし美奈子はすぐに全裸のままバスルームから出てきてしまい、祐二は慌ててショーツを置き、布団に横になって待った。

彼女も、さっぱりした様子で布団に入り、添い寝してきた。

「まあ、まだ出来るの？　やっぱり若いのね」

祐二がしがみつくと、美奈子は肌に当たる彼の勃起を感じ取り、呆《あき》れたように言った。

「私も少しは眠りたいから、じゃあと一回だけよ」

美奈子は言い、自分も初めての挿入オルガスムスをもう一度得たいと思っているようだった。

「ねえ、これからも、たまにでいいから会ってくれますか……」

祐二は、柔らかなオッパイに顔を押し当てながら言った。

「それは、無理なの。ごめんなさいね」

「え……？」

「今日は、私の送別会だったの。明日明後日の土日で引っ越しをして、北海道で待つ彼のところへ行って結婚するのよ」

「そ、そんな……」

祐二は、美奈子の言葉に目の前が真っ暗になった。

祐二にとって初めての女性である美奈子だったが、彼女にとっては自分は独身最後の男ということになる。

「童貞の子って、初めてだったから新鮮だわ。さあ、これからは受験を頑張って、自分で彼女を見つけるのよ」

美奈子が優しく言ってくれたが、祐二は寂しさと悲しさに萎《な》えてきてしまった。

すると彼女が身を起こし、祐二の股間に顔を寄せてきた。

「可哀相に、縮んでしまったの？」

美奈子は囁き、彼の股間に熱い息を籠もらせながらペニスを含んでくれた。

「ああ……」

温かな口の中で舌に翻弄《ほんろう》され、彼は喘ぎながらたちまちムクムクと回復していった。やはり心はどうあれ、若い肉体は正直に反応してしまうのだ。

美奈子はチュッチュッと吸い付いてくれ、やがて口を離して仰向けになってきた。

「さあ、これで出来るでしょう。今度はちゃんと上になって、私をいかせて」

言われて、祐二も身を起こし、入れる前にもう一度ワレメに顔を埋めた。

柔らかな茂みに鼻をこすりつけて嗅いでも、もう彼女本来の体臭は薄れ、湯上がりの香りがしているだけだった。

それでも舌を這わせると、淡い酸味の蜜が大量に溢れ、クリトリスを舐めるとヒクヒクと下腹が波打った。

「アア……、早く……」

美奈子がせがんで腰をよじり、祐二も身を起こして彼女の股間に割り込んだ。

そしてペニスを進め、彼女の唾液に濡れた亀頭を膣口に押しつけ、ゆっくりと挿入していった。

「ああ……、上手よ……」

深々と根元まで受け入れ、美奈子が顔をのけぞらせて喘いだ。

祐二も股間を押しつけて身を重ね、肌全体を密着させた。

胸の下では柔らかなオッパイが押し潰れて弾み、女上位と違い、股間を押しつけると恥毛がこすれ合い、コリコリする恥骨の膨らみまで感じられた。

待ちきれないように美奈子が股間を突き上げると、祐二も腰を突き動かし、滑らかな摩擦の中で高まっていった。

屈み込み、美女の喘ぐ口に鼻を押しつけると、唾液と吐息の混じった甘酸っぱい芳香が馥郁と鼻腔を刺激してきた。

すると美奈子も祐二の顔を押さえ、舌を伸ばして彼の鼻の穴をチロチロと舐め回してくれた。

「ああ……」

祐二は美女の口の匂いで鼻腔を満たし、喘ぎながら動きを速めていった。

そしてピッタリと唇を重ねて舌をからめ、美女の唾液と吐息を貪りながら股間をぶつけるように突き動かすと、クチュクチュと湿った摩擦音が響き、たちまち祐二は絶頂に達してしまった。

「く……！」

突き上がる快感に呻き、熱いザーメンを勢いよく内部に放つと、

「い、いく……、気持ちいいッ……！」

膣内の奥深くに噴出を感じた美奈子も声を上ずらせ、またオルガスムスに達したようだった。

膣内を収縮させ、彼女が狂おしく腰を跳ね上げるものだから、小柄な祐二の身体も上下し、暴れ馬にしがみつく思いで律動を続けた。

そして彼は心おきなく最後まで出し尽くし、徐々に動きを弱めて余韻に浸り込んでいった。

完全に動きを止めると、美奈子も満足げに強ばりを解いてゆき、彼の下で力を抜いて身を投げ出していった。

祐二は重なったまま、彼女の温もりと息遣いを感じながら呼吸を整え、やがてそろそろと股間を引き離して添い寝していった。

「アア……、良かった……」

美奈子が吐息混じりに言った。

そして彼女はティッシュの箱に手を伸ばし、彼のペニスを拭ってくれ、自分の股間も手早く処理をして布団を掛けた。

「さあ、もう寝ましょう。私は少しでも寝ておかないと、明日も忙しいから……」

美奈子が言い、眠りに就くように力を抜いた。

腕が痺《しび》れるだろうから、もう祐二も腕枕してもらうのを遠慮した。そして激情が過ぎ去ってしまうと、寂しさだけが彼の胸を暗く満たしてきた。

彼女にしてみれば、東京の独身時代の、最後の遊びなのだろう。しかし祐二にとっては、初体験の美女と、今夜限りで別れなければならないのだ。

明後日が引っ越しなら、明日は準備で忙しく、また東京最後の夜は美奈子も一人で過ごして感慨に耽《ふけ》るのだろう。

だから始発の時間になって美奈子が出て行けば、もう祐二は彼女と懇《ねんご》ろな一時は持てないに違いなかった。

やがて美奈子は、今度こそ本当に軽やかな寝息を立てはじめた。

彼女の整った寝顔を見ながら祐二は、美奈子が、ここにいるけれどいない、幻のように思えた。

そして祐二は、美奈子の温もりと甘い匂いに包まれながら、今夜の雪がもっともっと激しくなり、電車が止まるどころか、外も歩けないほど降り積もってくれれば良いのにと願うのだった……。

〈初出一覧〉

CLSにうってつけの日	草凪　優	『小説NON』二〇一二年十一月号
指	藍川　京	『小説NON』二〇一二年七月号
死んで欲しいの	安達　瑶	『小説NON』二〇一〇年十一月号
悲しき玩具	橘　真児	『小説NON』二〇一〇年八月号
勃ちあがれ、柏田	八神淳一	『小説NON』二〇一一年十月号
奥様、セーラー服をどうぞ	館　淳一	『小説NON』二〇一二年八月号
トライアングル	霧原一輝	『小説NON』二〇一一年五月号
はつゆき	睦月影郎	『小説NON』二〇一一年二月号

切・り・取・り・線

一〇〇字書評

秘本　緋の章

購買動機（新聞、雑誌名を記入するか、あるいは○をつけてください）	
□（　　　　　　　　　　　　）の広告を見て	
□（　　　　　　　　　　　　）の書評を見て	
□ 知人のすすめで	□ タイトルに惹かれて
□ カバーが良かったから	□ 内容が面白そうだから
□ 好きな作家だから	□ 好きな分野の本だから

・最近、最も感銘を受けた作品名をお書き下さい

・あなたのお好きな作家名をお書き下さい

・その他、ご要望がありましたらお書き下さい

住所	〒				
氏名		職業		年齢	
Eメール	※携帯には配信できません		新刊情報等のメール配信を 希望する・しない		

この本の感想を、編集部までお寄せいただけたらありがたく存じます。今後の企画の参考にさせていただきます。Eメールでも結構です。

いただいた「一〇〇字書評」は、新聞・雑誌等に紹介させていただくことがあります。その場合はお礼として特製図書カードを差し上げます。

前ページの原稿用紙に書評をお書きの上、切り取り、左記までお送り下さい。宛先の住所は不要です。

なお、ご記入いただいたお名前、ご住所等は、書評紹介の事前了解、謝礼のお届けのためだけに利用し、そのほかの目的のために利用することはありません。

〒一〇一‐八七〇一
祥伝社文庫編集長　坂口芳和
電話　〇三（三二六五）二〇八〇

祥伝社ホームページの「ブックレビュー」からも、書き込めます。
http://www.shodensha.co.jp/bookreview/

祥伝社文庫

秘本《ひほん》 緋《ひ》の章《しょう》

平成25年6月20日　初版第1刷発行

著　者　草凪《くさなぎ》 優《ゆう》　藍川《あいかわ》 京《きょう》　安達《あだち》 瑶《よう》　橘《たちばな》 真児《しんじ》
八神《やが》淳一《みじゆんいち》　館《たて》 淳一《じゆんいち》　霧原《きりはら》一輝《かずき》　睦月《むつき》影郎《かげろう》

発行者　竹内和芳

発行所　祥伝社《しようでんしや》
東京都千代田区神田神保町3-3
〒101-8701
電話　03（3265）2081（販売部）
電話　03（3265）2080（編集部）
電話　03（3265）3622（業務部）
http://www.shodensha.co.jp/

印刷所　図書印刷
製本所　図書印刷
カバーフォーマットデザイン　芥 陽子

ISBN978-4-396-33849-7 C0193

祥伝社文庫の好評既刊

南里征典ほか 秘本

南里征典・藍川京・丸茂ジュン・小川美那子・みなみまき・北原双治・夏樹永遠・睦月影郎

菊村　到ほか 秘本 禁色《きんじき》

菊村到・藍川京・北山悦史・中平野枝・安達瑶・長谷一樹・みなみまき・夏樹永遠・雨宮慶

北沢拓也ほか 秘本 陽炎《かげろう》

北沢拓也・藍川京・北山悦史・雨宮慶・睦月影郎・安達瑶・東山都・金久保茂樹・牧村僚

藍川　京ほか 秘本X

藍川京・睦月影郎・鳥居深雪・みなみまき・長谷一樹・森奈津子・北山悦史・田中雅美・牧村僚

藍川　京ほか 秘戯うずき

藍川京・井出嬢治・雨宮慶・鳥居深雪・みなみまき・睦月影郎・森奈津子・長谷一樹・櫻木充

睦月影郎ほか 秘本Z

櫻木充・皆月亨介・八神淳一・鷹澤フブキ・長谷一樹・みなみまき・海堂剛・菅野温子・睦月影郎

祥伝社文庫の好評既刊

北沢拓也ほか　秘戯《ひぎ》

館淳一・牧村僚・長谷一樹・北山悦史・北原双治・東山都・子母澤類・みなみまき・内藤みか・北沢拓也

藍川　京ほか　秘戯《ひぎ》めまい

牧村僚・東山都・藍川京・雨宮慶・みなみまき・鳥居深雪・内藤みか・睦月影郎・子母澤類・館淳一

藍川　京ほか　秘戯うずき

藍川京・井出嬢治・雨宮慶・鳥居深雪・みなみまき・睦月影郎・森奈津子・長谷一樹・櫻木充

櫻木　充ほか　秘戯S

櫻木充・子母澤類・橘真児・菅野温子・桐葉瑶・黒沢美貴・降矢木士朗・高山季夕・和泉麻紀

草凪　優ほか　秘戯E(Epicurean)

草凪優・鷹澤フブキ・皆月亨介・長谷一樹・井出嬢治・八神淳一・白根翼・柊まゆみ・雨宮慶

牧村　僚ほか　秘戯X(eXciting)

睦月影郎・橘真児・菅野温子・神子清光・渡辺やよい・八神淳一・霧原一輝・真島雄二・牧村僚

祥伝社文庫の好評既刊

神崎京介ほか　禁本

神崎京介・藍川京・雨宮慶・睦月影郎・田中雅美・牧村僚・北原童夢・安達瑶・林葉直子・赤松光夫

藍川　京ほか　禁本 ほてり

藍川京・牧村僚・館淳一・みなみまき・睦月影郎・内藤みか・子母澤類・北原双治・櫻木充・鳥居深雪

藍川　京ほか　秘めがたり

内藤みか・堂本烈・柊まゆみ・草凪優・雨宮慶・森奈津子・鳥居深雪・井出嬢治・藍川京

睦月影郎ほか　XXX トリプル・エックス

藍川京・館淳一・白根翼・安達瑶・森奈津子・和泉麻紀・橘真児・睦月影郎・草凪優

藍川　京ほか　妖炎奇譚

日常の隙間に忍びこむ、恍惚という名の異空間。6人の豪華執筆陣による、世にも奇妙な性愛ロマン！

藍川　京　蜜の狩人

小悪魔的な女子大生、妖艶な女経営者…美女を酔わせ、ワルを欺く凄腕の詐欺師たち！悪い奴が生き残る！